KATRIN RICHTER

»MEIN SORBAS BIST DU«

Vorbemerkung der Autorin

Lieber Leser, geschätzte Leserin,

die mir in dieser Geschichte begegnenden Personen entspringen meiner Phantasie. Was ich sie sagen und tun lasse, ist künstlerisch abgewandelt und nicht konkret lebenden oder bereits verstorbenen Menschen zuzuordnen.
Irgend jemanden bloßzustellen, ist und war niemals der Grund, warum ich Bücher schreibe.

Katrin Richter, im Winter 2016/2017 in Berlin

Die Autorin

Katrin Richter hat – auch unter ihren Namen *Katrin Panier, Katrin Panier-Richter und Clara Felder* – bisher insgesamt zwanzig lieferbare Bücher veröffentlicht. Als leidenschaftliche Tagebuchschreiberin und Spaziergängerin lebt sie mit ihrer Familie in Berlin.

Katrin Richter

Mein Sorbas bist du

Eine Kreta-Reise zu zweit 2016

Bibliografische Information der Deutschen Nationalbibliothek:
Die Deutsche Nationalbibliothek verzeichnet diese Publikation in der Deutschen Nationalbibliografie; detaillierte bibliografische Daten sind im Internet über <http://dnb.d-nb.de> abrufbar.

Impressum

(C) Katrin Richter
1. Auflage, 2016
Titelbild: Foto eines Kretischen Fundstückes
Umschlag, Satz und Layout: Richter, Berlin
Herstellung und Verlag: BoD - Books on Demand, Norderstedt
Printed in Germany

ISBN 978-3-7431-6427-7

Alle Rechte liegen bei der Autorin.
Dieses Werk ist urheberrechtlich geschützt.
Jede Verwendung, die über den Rahmen des Zitatrechtes bei korrekter vollständiger Quellenangabe hinausgeht, ist honorarpflichtig und bedarf der schriftlichen Genehmigung durch die Rechteinhaberin.
Kontakt: info@katrinrichter.berlin, Internet: www.katrinrichter.berlin

Eine Reise ist nicht, wie sie ist.

Eine Reise ist, wie du bist.

Kat Al´di Nepari

Wieder für Nikos.

Dieses Mal komme ich nicht wieder zurück. Nein.

Ein Teil von mir bleibt für immer dort, auf dieser göttlichen Insel. Ich liege weiterhin am Strand, ohne Hülle außen, ohne Filter innen – auch, wenn ich schon längst wieder in meiner Berliner Handwerkstatt am Schreibtisch sitze. Ich weiß, ich bleibe auf Kreta. Und niemand kann mir das jemals wieder nehmen. Es versucht ja zum Glück auch keiner. Zu meinem großen Glück. Ja.

Von Anfang an schaute sie freundlich auf mich, und das tut sie immer noch, sie lächelt mir zu. Mir – und ihm. Für eine solche Liebe gibt es keine Entfernungen, keine räumliche Trennung. Sie ist hier auf alle Zeiten. Ich bin hier. Er ist hier, bei mir. Und so bleibt es. So soll es sein. Alles wegen Kreta. Und Kreta – auf diese Weise – wegen uns.

Jede Nacht lese ich nun den Alexis Sorbas – wie ich ihn am Galiskiari Beach gelesen habe, oh so langsam, weil auf Englisch. Im Zeitungskiosk von Paläochora hatten sie diese Paperback-Ausgabe „Zorba the Greek", die nach mir rief. Die ich zuerst zurückließ in der Auslage, die ich meinte, nicht haben zu wollen, nicht zu brauchen, von wegen! Die mir jedoch einfach nicht aus dem Kopf ging beim Fortgehen, während des Zurücklassens, einer Wanderung durch die Anidri-Schlucht. So viel ich kletterte, stolperte, stakste; der Zorba blieb. „Ich muss dieses Buch kaufen", sagte ich zum Gefährten zwischen Stock und Stein. Und wie so oft – weil er den Ernst meiner Lage erkennt -, hielt ich das Bändchen vierundzwanzig Stunden später schon in den Händen. Was für ein schön aufgemachtes Werk! Die Farben golden und himmelblau; sie hatten ja ihr Bestes gegeben, um mir entgegen zu leuchten, auf dass ich sie ja nicht übersah. Stilisierte Figuren in schwarz, eine von ihnen – man kann nicht ausmachen, ob Mann oder Frau – reitet einen Esel oder ein Maultier, was hierzulande noch passender wäre. Die tanzenden, abgerundeten Schrifttypen in Gold und weiß wirken auf mich, als hätte der Künstler Friedensreich Hundertwasser sie entworfen. In seiner Welt gab es keine gerade Linie; und genau so lebendig, voller Leben, pulsiert mir jene Geschichte entgegen, einfach dadurch, in welchem Gewand sie daher kam. Und das Buch lag leicht in der Hand. Hätte ich es schon in dieser Form in Berlin gehabt, ich hätte es nicht wieder ausgepackt aus meinem Flugzeug-Kabinenkoffer. Die Sorbas-Ausgabe in meiner Muttersprache besitzt harte Deckel aus fester Pappe, durch sie überschritt das Bordgepäck sein höchst zulässiges Gewicht. Und ich dachte, ich würde im Urlaub sowieso nicht sehr viel lesen, eher erleben, schauen, selber schreiben. Tja. So kann man sich täuschen. Und dann lag ich also – eine Eva, wie Gott und mein eigener Lebensstil sie geschaffen hatten – am Strand und arbeitete mich durch die englische Übersetzung.

Ich dachte an meine früheren Sprachlehrer dabei; und an was sie mich gemahnt hatten: Versuche, dir den Sinnzusammenhang zu erschließen. Ohnehin kann kein Mensch – und kennte er sich noch so gut aus in einer fremden Sprache – ein jedes einzelnes Wort auf Anhieb verstehen. Also. Mutig las und kombinierte ich drauflos, ging zwischendurch schwimmen, drehte mich auf eine andere Körperseite, der herrlichen Sonne zu; oder ließ mir vom Gefährten einen Leckerbissen reichen, um nicht ausschließlich von Luft, Liebe und Inspiration leben zu müssen. Alexis hat den so viel jüngeren Freund und Kopfmenschen ja auch tagtäglich mit

Nahrung versorgt während ihrer gemeinsamen Zeit auf Kreta.

Ich habe auch wieder an deinem Grab gesessen, Nikos, hoch über den Dächern von Heraklion. An deinem einfachen, aber sehr hohen Holzkreuz habe ich mich erneut mit dir verbunden – wie schon vor einem Jahr, wie schon vor zwei Jahren. Die Leute murmeln deine bekanntesten Worte, wenn sie auf deine Ruhestatt zu gehen, aus der du eine so wundervolle Sicht auf das Meer hast. „Ich erwarte nichts. Ich fürchte nichts. Ich bin frei", zitieren sie dich in vielen Sprachen, meistens auf Englisch. Sie sehen ehrfürchtig dabei aus, so, als wollten sie sich und ihren Begleitern diese drei Gedanken auf jeden Fall einprägen. Du, lieber Nikos, hast damit ja auch ein Ziel formuliert, an das man sich erinnern sollte, an dem auch ich mich vor mir selber messen will. An manchen Tagen meine ich schon, ich hätte es fast erfüllt. Oder – um ehrlicher zu sein – es sei mir zu meiner großen Freude erfüllt worden. Ich kann es ja nicht selbst machen, das weiß ich schon, das wusstest auch du, Nikos, ganz ohne jeden Zweifel. Ich komme sicherlich voran mit meinem Üben, mit meinem Zulassen; aber dann erscheint ein Tag, an dem fürchte ich mich dann doch wieder vor irgendetwas, oder ich ertappe mich bei einer Hoffnung in die Zukunft. Er ist ein Ideal, dein Gedanke, ähnlich wie das Gebet des heiligen Franz von Assisi. Eine Wunschvorstellung, aber ein guter Wegweiser. Das ja.

Das auf jeden Fall.

Inzwischen kenne ich auch andere Worte von dir, Nikos. In einem Café in Myrthia – dort, wo auch dein Museum zu finden ist –, da stand auf Deutsch an die Wand geschrieben: „Du hast den Pinsel, du hast die

Farben. Also male dir dein Paradies und tritt ein."
Dankeschön, Kollege. Exakt dafür war ich ja angetreten, hatte es zu Beginn dieser Reise – um es wirklich nicht zu vergessen – ganz vorn in mein Tagebuch notiert. Ich übe bewusst zu genießen. Das habe ich mir Stunden vor dem Abflug ins Stammbuch geschrieben. An dieser Stelle in meinen Lebensfähigkeiten muss ich wohl einen gewissen Mangel festgestellt haben. Disziplin kann ich gut. Eine Sache durchhalten, mein lieber Mann! Die Langstrecke liegt mir. Das Beständige. Aber der Genuss – scheinbar ohne Zweck und Verstand…

Das Leben ist freundlich und gibt einem, was zur Vollkommenheit fehlt. Man muss es nur zu erkennen und anzunehmen verstehen. „Nur" ist gut. Ich weiß. Aber unmöglich ist es nicht. Es gibt Beweise dafür. Mich? Und ihn? Urteilt selbst. Ich erzähle nur. Von mir und meinem Sorbas, der mich das Leben genießen lehrt. Schon immer, schon von Anfang an, wie ich jetzt in der Rückschau erkenne. Das sah ich damals natürlich noch nicht. Und fühlte mich doch davon angezogen. Wie das geschehen konnte, mir Ahnungslosen – oder gar Ahnungsvollen -, das weiß nur Gott allein. Und an den habe ich auch nicht geglaubt, damals, zuerst. Er aber vielleicht an mich. Wer weiß.

Vier Wochen Kreta lagen also vor mir. Und nun liegen sie nach menschlicher Zeitrechnung hinter mir; aber ein Teil von mir sieht das anders: der kam nicht wieder zurück, ich sagte es schon. Der ist noch immer dort, bei Nikos, in den Schluchten, auf den mystischen Bergen; in den Restaurants, wo die jungen Geschäftsleute die Ärmel hoch krempeln und ihre Heimat neu kreieren.

Ein Teil von mir ist nicht mit in die Air Berlin-Maschine gestiegen, vier Wochen später; und dieser

Teil von Katrin mag mich jetzt leiten durch das, was ich zu erzählen habe.

„Wir haben die Pflicht, uns nicht zu beeilen, nicht ungeduldig zu werden und dem ewigen Rhythmus der Natur mit Vertrauen zu folgen." Die Pflicht!
In der Nacht habe ich wieder den Sorbas gelesen und auf Seite hundertneunundzwanzig meiner deutschsprachigen Ausgabe dieses Zitat gefunden, das mich elektrisiert. Auf der Stelle habe ich es mittels meines Kalligraphie Sets so schön wie mir eben möglich abgeschrieben und das Blatt gut sichtbar in meiner Schreibhandwerkstatt aufgehängt. Die Pflicht. Uns nicht zu beeilen. Und nicht in die natürlichen Rhythmen einzugreifen. Wie wohl das tut. Allein der Gedanke!
Der Autor erzählt an dieser Stelle von einem Erlebnis, das ihn als Kind entsetzte und das er nie vergessen konnte: Wie er durch Pusten einem Schmetterling auf die Welt hatte helfen wollen, so dass sich dessen Kokon rascher öffnete – was aber zur Folge hatte, dass die Flügel des Tierchens nicht kräftig genug wurden, wie sie es geworden wären durch das eigene Herauskämpfen, sich selbst auf die Erde arbeiten, in ein nächstes Entwicklungsstadium hinein. Der Schmetterling konnte nicht fliegen – so sehr der Junge auch erneut versuchte, mit seinem Atem das Entfalten doch noch zu erzwingen. Es gelang nicht, und eine kleine Leiche lag auf dem Handteller des verzweifelten Kindes Nikos.
Wie tief mich das anrührt.
Wir dürfen die weisen Abläufe von Mutter Natur nicht beschleunigen wollen; wie oft habe ich das gehört, selber zitiert. Gras wächst weiß Gott nicht schneller, wenn man daran zieht. Genau. So einfach.

Und wie lange habe ich dazu gebraucht, das einzusehen, danach zu leben gar, in einer Gesellschaft, die nun auch noch ganz das Gegenteil zu proklamieren scheint, wer weiß, wie lange noch.

Auch ich besitze ein solches Kindheitserlebnis, das mich hätte lehren können, vielleicht sollen, dass man nicht eingreifen darf, ohne gleichzeitig zu zerstören. Ein Schneckenrennen, das wir zwei veranstalteten, eine Freundin und ich, einen Kindheitssommernachmittag lang. Wir hatten sie zuvor gesammelt, weiße, braune, elfenbeinfarbene Weinbergschnecken, und wir hatten ihnen mit dickem schwarzen Filzstift aus dem Westen Startnummern auf die Häuser geschrieben. Dann trieben wir sie mit Stöckchen an. Immer wieder. Schleimspuren des Stresses zogen sie hinter sich her, unsere unfreiwilligen Läufer, Wettkämpfer. Mir wird heute noch übel vor Ekel, vor Scham. Denn auch wir zwei kleinen Mädchen ließen nicht locker, bis wir Todesfälle zu beklagen hatten unter unseren tierischen Sportlern, was wir sicherlich so nicht beabsichtigt hatten. Sie sollten nur schnell sein; wir wollten ihnen auf die Sprünge helfen, unsere Macht spüren sicherlich auch. Kleine zarte Menschenkinder; groß für die Kriechtiere. Schnecken hetzt man nicht. Man zwingt sie nicht zur Eile.

Meine Mutter hat mir einmal eine Tonschnecke geschenkt für meinen Schreibtisch. Da steht sie immer noch. Ich habe mich nicht immer an ihr Vorbild gehalten.

Schneckentempo. Es respektieren.

Und nun steige ich wieder in ein Flugzeug! Irgendwann habe ich damit aufgehört, meine Flüge zu zählen. Ich weiß also nicht, der wievielte das sein mag, heute, an diesem Tag Mitte Mai von Berlin nach Heraklion.

Auch die Angst verliert ihren Sinn, wenn sie nicht mehr gebraucht wird. Eine Weile hielt ich noch daran fest, wie aus alter Gewohnheit. Dann wurde alles daran schal und blass und überflüssig. „Ist das überhaupt noch meine Flugangst, an der ich hier so überaus bereitwillig leide?", hatte ich mich plötzlich in einem ganz bestimmten Augenblick in einem Flugzeug auf dem Weg nach Marrakesch gefragt. „Wer bin ich eigentlich ohne diese Panik?", kam es schon zwei Jahre später aus mir selbst in einer anderen fliegenden Blechröhre. Dadurch brauchte ich nicht mehr zu zählen. Weil ich mir nicht länger beweisen musste, dass ich es kann. Dass ich den Dämon in mir erneut verwandelt, überwunden hatte; dass es mir tatsächlich möglich war, Insch´Allah, wie sie in Marokko sagen oder Gott sei Dank eben.

Und die guten Mächte spielen mir ganz offensichtlich sowieso in die Hände, denn kaum habe ich Platz genommen auf meinem Sitz am Gang, da liegt schon ein Baby auf meinem Schoß und schaut mich aus großen braunen Augen aufmerksam an.

Tavi heißt der Knabe, höre ich; und er ist beinahe so alt wie meine Enkelin; seit einem halben Jahr hier bei uns auf der Erde. Der Kleine soll auf seine Flugtauglichkeit geprüft werden, erzählen mir seine jungen, schönen Eltern, ein Paar wie aus Tausendundeiner Nacht. Scheherezade in engen Jeans bereitet ein Breigläschen vor, während ihr geschmeidiger Prinz viele Gepäckstücke in die dafür vorgesehenen Fächer über uns wuchtet. „Und du darfst natürlich den kleinen Jungen halten", schaut mich mein Gefährte neidisch von der Seite an. Oder gespielt neidisch, denn er ist es ja nicht wirklich, er gönnt mir die Freude durchaus. Außerdem weiß er ganz genau, dass die Leute einer mütterlich wirkenden Frau eher vertrauen – ihr Kind anvertrauen – als ihm, einem reichlich fremden nicht recht einzuschätzenden Kerl. Ja, er weiß auch um mein Sehnen nach jener Kleinen, der meine frische Oma-Rolle eigentlich gilt. Und so lässt er es dabei, lächelt dem sich ihm bietenden Bild zu. So zärtlich wie kurz darf ich ein Baby halten; und dann ist sie auch schon wieder vorbei, diese Szene.

Tavi leert sein Breiglas zügig, schlummert ein, während unser Flugzeug abhebt. Um erst wieder zu erwachen, als der Landeanflug auf Kreta beginnt. Die Eltern sind zuversichtlich: Nun können sie mit ihrem kleinen Prinzen auch eine Langstrecke wagen. So ein pflegeleichter Säugling! Aber Obacht: Manchmal wird aus dem unkompliziertesten Kleinkind ein eigensinniger Großer. Dann nicht erschrecken. Einige Babies sammeln bloß Kraft. Für später.

Die längste Mole der Welt. Das ist – unter anderen Überraschungen – wofür ich dieses Heraklion so liebe. Sie haben Kilometerangaben auf den hellgrauen Beton gemalt. Zweitausend Meter, zweitausendeinhundert. Bei zweieinhalb etwa endet jenes Band mitten hinein ins offene Meer. Also fünf Kilometer hin und zurück, und darum gibt es sogar Toiletten in der Mauer, die die Brandung im Zaum hält. Jogger, Radfahrer, die hier trainieren, wissen die Notkämmerchen zu schätzen. Ich – nebenbei gesagt – auch!

Hey, man kann an dieser Stelle übers Wasser gehen! Wo sonst hätte man eine solche Möglichkeit, wenn man nicht Jesus ist; noch dazu frei und kostenlos. Flaniere ich auf dieser Mole, dann weiß ich: Jetzt bin ich wirklich da. Ich weile tatsächlich wieder auf meiner Insel – und „Urlaub" sage ich nur deswegen dazu, weil ich mich dem allgemein üblichen Sprachgebrauch anpassen muss, um verstanden zu werden. Das weiß ich aus Erfahrung, dass es genau so ist. Allzu oft habe ich viel zu komplexe, verschnörkelte Erläuterungen abgegeben, die einem Gegenüber klar machen sollten, dass für mich kein Unterschied zwischen Beruf und Freizeit existiert; dass in meinem Leben mittlerweile alles Eins ist. Es ist überflüssig, sich zu erklären. Die anderen verstehen es oder verstehen es nicht, aber letzten Endes spielt es keine Rolle.

Also sage ich „Urlaub" zu etwas, das für mich eine spürbare Erweiterung meines Seins ist, eine Vertiefung meiner Liebesaffäre und innniglichsten Freundschaft – und ansonsten Arbeit mit Erholung vermischt, wie zu Hause auch, wie immer. Auch in Heraklion, auch auf diesem göttlichen Eiland, werde ich jeden Morgen als Allererstes mein Tagebuch aufschlagen und mein Pensum schreiben; ohne das geht ein neues Heute nicht los. Wohl mir, die ich meinen Sorbas habe, der das nicht nur toleriert, sondern sogar fördert – mit Kaffee, Süßigkeiten, aufmunternden Worten. Welch anderer Mann täte das wie er – und noch dazu in seinem einmaligen, kostbaren, alljährlichen Arbeitnehmer-Urlaub!!!

Wir sind ein Team.

Manchmal gefällt es den Göttern, zwei wie uns zusammenzubringen und beieinander zu lassen. Ich höre sie lachen, die Götter (oder ist es nur mein laut schlagendes Herz?). Wahrscheinlich tun sie ihre Wunder auf Erden nur zur eigenen Freude.

Es scheint mir gerade so, als sei ich nun an einem Punkt angelangt, an dem sich für mich vieles, was früher negativ war, in ein Positives umkehrt. „Du bist nie ganz allein!" Das habe ich früher als Abwertung gehört, als den Stempel der Verrücktheit, der mir aufgedrückt zu werden drohte. Du bist niemals ganz allein, das verstehe ich heute ganz anders. Ja, aber ja doch, lache ich dazu, wenn das jemand sagt, liebevoll sagt; oder wenn ich mich selber so bezeichne. Alles andere wäre ja auch schlimm! Natürlich bin ich niemals ganz allein; da sind ja Ahnungen um mich herum und Ströme, die mich zu beschützen, auch zu inspirieren scheinen, denen ich bewusst lausche.

Anderes Beispiel: „Du stellst dich an wie der erste Mensch!" Wie der erste Mensch; genau so ungeschickt, so stolpernd, so angstvoll um sich blickend, weil noch gar nichts wissend, alles fürchtend. Es war kein Lob, das ahnte ich.

Jetzt – durch den Alexis Sorbas – wird auch diese Eigenschaft zur Tugend. Wie der allererste Mensch – genau so staunend betrachtet diese Seele alles, wie zum allerersten Mal. Neu, frisch; als wurde diese Küste eben erst nur für ihn aufgestellt; als blühten diese Bäume nur für ihn, als wäre diese Mahlzeit heute duftend von einem Koch erfunden; als hätten diese Frauen ihre Hüften nie zuvor gewiegt.

Ich merke, dass ich diesen Roman auch so in mich aufnehme, als hätte ich zuvor noch nie ein Buch gelesen. Ausgerechnet ich! Ein Bücherwurm von Kindesbeinen an, a *bookworm*, wie der Dichter Nikos von einem Freund bezeichnet wird. Zu Hause schlafe ich jede Nacht in einem wahren „Bücherland"; in einem Hochbett, darin von den Gedanken weiser Schreiber aller Zeiten wie umzingelt. Gut möglich, dass sie sich in meine Träume einschleichen.

Aber dennoch: Dieses Buch lese ich wie zum allerersten Mal, wie der erste Mensch; als hätte ich gerade eben erst Lesen gelernt und versuchte mich an meinen ersten Seiten. Als hätte ich gerade eben erst Denken gelernt – oder das überflüssige Denken wieder verlernt. So ist es richtiger. Ja. Als wäre ich der erste Mensch, der seinen ganzen Ballast wieder über Bord geschmissen hat; der wieder einer Geschichte zuzuhören vermag, als müsste er sie nicht kraft seiner geballten Lebenserfahrung bewerten und einordnen.

So ist das.

Der erste Mensch. Oder – na gut – wenigstens der zweite; denn der erste muss es ja verfasst haben, dieses Buch, damit ich es überhaupt aufblättern kann.

Alles wie zum ersten Mal sehen. Hören, riechen, schmecken, schauen. Genießen. Wie der erste Mensch. Dann wird alles zum Wunder, jeder nächste neue Tag – egal, wo man auch ist. Alexis, mir scheint, ich lerne von dir. Auch, wenn ich nicht jede deiner Ansichten teile. Aber was heißt Ansichten. Du beobachtest ja nur. Ziehst deine Schlüsse aus dem Stand deiner Erkenntnis. Du fragst. Befragst deine Zeit. Bist jederzeit bereit, deine Sicht verändern zu lassen, falls die Antwort auf deine gestellte Frage dich überzeugt.

Ich würde dir gern antworten, aus meiner Erfahrung. Ich würde nur zu gern ein Gespräch mit dir führen. Von Frau zu Mann. Oder meinetwegen auch umgekehrt. Von Mann zu Frau. Aber wie soll ich dich erreichen mit meinen Gedanken, wenn wir zu derart verschiedenen Zeiten leben, Sorbas? Wenn sich die Erdkugel schon so oft drehte, seit du gingst, seit ich kam…

Ein Weib wie ich. Hast du so eine gekannt? Ich bin erst in der Mitte mit dem Roman über dich, ich weiß es ja noch nicht. Von Nikos weiß ich es auch noch nicht, der über dich erzählt, ein Mann über einen anderen Mann – und beide in ihrer Sicht auf das andere Geschlecht, damals. Du schreibst ihm, die Frauen wollen nicht frei sein – und damit erfüllen sie in deiner Welt die Kriterien menschlicher Wesen nicht.

Ein Mensch – wenn er die Bezeichnung verdient hat, sagst du – will unbedingt frei sein. Aber dieses Weib, sobald es sich in dich verliebt hat, will mit dir zusammen sein und nicht mehr frei – also allein nur mit sich selbst unterwegs. Darüber staunst du, Sorbas; und ich wünschte, ich könnte dich in den Arm nehmen und dir unser Beispiel zeigen. Du bekommst diese beiden nicht zusammen, die Freiheit und die Liebe, aber ich schon. Ich schon! Es hat ein Weilchen gedauert, das gebe ich zu. Aber es ist mir durchaus möglich geworden. Ich lebe es ja, jeden Tag. Ob in Berlin oder Heraklion, zu Hause oder auf Kreta – in das du mich zurückführst, auf dessen Boden ich mit dir und ihm umherwandele, als wären wir die allerersten Menschen; als hätte es vor uns noch niemanden gegeben mit Augen und Ohren und Mund zum weit Offenstehen für all diese Eindrücke, die ein prallglücklicher Gott zum Anstaunen geschaffen haben muss – wirklich:

Als er zum Bersten glücklich war und kaum gewusst haben mag, wohin mit all seiner überschüssigen Seligkeit. Da hat er Kreta geformt, an diesem strahlenden Tag.

Und ich darf all diese Schönheit sehen. Darf mich mitten hinein werfen und darin baden.

Man müsste ein stärkeres Wort als „Danke" finden können.

Ich denke so nicht zum ersten Mal.

Sorbas, von mir aus.
Ich bin so frei.
Ich stelle mir vor, als du gingst, als du diesen Planeten verließest – und noch weiß ich nicht, wie genau; ich

hoffe, der Dichter verrät es mir am Schluss -, dass da deine Eigenschaften und all deine immer noch offenen Fragen in den universellen Topf geworfen worden sind; zurück in die Ursuppe der Menschheit. Einmal umgerührt oder auch tausendmal. Und hier ist nun ein neuer Versuch, sie zur Entfaltung zu bringen, vielleicht zur Blüte, wer weiß. Wir sind ein Sorbas in zwei Körpern – eine kühne Behauptung, ich weiß. Aber ist nicht jeder neu erscheinende Mensch ein neuer Versuch? Welche Möglichkeit haben also zwei, die sich zum Team miteinander verbinden; die einander helfen und ihre schmalen Merkmale verdoppeln – gar potenzieren, wenn alles gut geht?! With a little help aller Hohen Mächte. Ich wünschte mir, dass die Antwort darauf durch meine Zeilen scheint.

Willentlich, logisch wasserdicht mit meinem Kopf vermag ich es nicht zu belegen. Schon gar nicht nach den Regeln männlicher Logik, stringent und geradeaus, einer unmissverständlichen Linie folgend. Ich bin da ganz Frau. Ich springe hin und her und bekomme den Bogen mit Glück am Ende doch wieder hin.

Wünsche viel Geduld beim Darauf-Hin-Lesen.

Verspreche aber, ich gebe mein Bestes.

Manche sagen ja heutzutage, es sei bereits ein Wunder, wenn zwei eine lange Reise miteinander tun und sich kaum streiten. Und doch lässt keiner sich vom anderen unterbuttern; sie bleiben auf Augenhöhe. Ein Mann und eine Frau. So, dass es für sie beide schön ist; ein Gewinn auf allen Ebenen. Eine wahrhaftige Bereicherung. Ein verdammt hohes Ideal!

Ja doch, ich will ehrlich sein: Die kilometerlange Mole von Heraklion, sie hat uns auch schon in Brass gesehen; so dass der Eine sich vorübergehend zurückfallen lassen, die Andere zornig vorauseilen musste. Der Anlass ist egal, ich habe ihn auch schon längst wieder vergessen. Ich weiß nur, dass es ernst war und kein Weg zusammen führte. Zueinander zu führen schien. Für diese Stunde wenigstens.

Das Meer reagierte sofort. Oder wir auf das Meer? Auf sichtbare, unsichtbare Gewalten?

Wer kann das sagen. Jedenfalls – genau wie ein lebendiges Wesen, und so wie wir beide, möchte ich fast beschwören – brandete es mittels seiner Wogen hoch über die Hafenmauer, gebärdete es sich wütend, aufgewühlt, in Raserei begriffen; spuckte seine Gischt über den Asphalt, so dass die joggenden Mädchen kreischten, die Radsportler innehielten und die Muskelmänner sich kaum voran trauten ohne einen starken Arm, der ihnen Halt bieten würde. Auch ich erschrak und fürchtete, beim nächsten Schritt fortgespült zu werden, hinfort, unrettbar in die tobende See. Ich kenne ja die Kraft solcher Wasser! Seit vierzig Jahren bin ich eine Überlebende der Ostsee – an einem Tag, an dem auch sie so brüllte, toste wie nun das Libysche Meer um mich herum. Aber der liebe Gott wollte mich mit sechzehn wohl noch nicht wieder zurück haben, so überlebte ich damals meinen Ausflug, und es gibt mich immer noch in dieser Form. Wenn an einem Strand ein Sturmball hoch gezogen wird, gehe ich seitdem jedoch nicht mehr ins Wasser. Und ich schwimme auch meistens parallel zur Küste, nie wieder weit hinaus. Ich fordere mein Schicksal nicht noch einmal so heraus. Es genügt, eine Überlebende zu sein. Wie sonst hätte ich später auch meinen Sorbas kennenlernen sollen. Und so viele andere mehr. Ach, so viele!

Ein Ozean kann kleinliche Zwiste beenden.

Wie ich da so stand, auf der längsten Mole der Welt, vor dem nassen Ungeheuer, das mich anschrie und nicht vorbei ließ, mir den weiteren Weg versperrte, mit meinem Rucksack voller Erinnerungen auf den viel zu schmalen Schultern; da war er schon bei mir, mein Gefährte, und griff fest nach mir, keine Diskussion. Zusammen erwiesen wir uns als gewichtig genug – und vor allem als mutig genug. Die raue Zunge leckte wohl nach uns, erreichte uns jedoch nicht. Ein paar salzige Spritzer, und wir hatten als Team die gefährliche Stelle passiert.

Danach war alles anders.

Ein Herz und eine Seele. Genau so.

Es dauerte gar nicht lang, und auch das Meer legte sich wieder zur Ruhe, wie ein einschlafendes Raubtier. Es hatte sich ausgetobt und konnte nun entspannen. Das kennen wir vom Yoga: Spandha – Nispandha. Anspannung – Entspannung im stetigen Wechsel. So ist es gesund, sagt man. Es gelten eben überall in der Natur dieselben Gesetze.

Warum wohl mag ich dieses Heraklion so, wo ich doch selbst in einer Metropole wohne? „Von Stadt zu Stadt", höre ich sagen, „das sind doch keine Ferien!"

Mal davon abgesehen, dass ich ja ohnehin nicht diesen großen Unterschied lebe zwischen Alltag und Entspannung, wie schon beschrieben; so ist es auch kein unerwünschter Übergang für mich, in dieser kretischen Großstadt anzulanden.

Es ist das Meer.

Ja, ich glaube, das macht den Hauptanteil meiner Liebe aus, der Liebe zu gerade diesem Ort.

Das Meer und seine Nähe. Seine Allgegenwart, Anwesenheit.

Denn dort ist klar, dass nur die See aufs Freundlichste mit Häuserbau und Menschenansiedlung einverstanden war; dass sie und niemand sonst es zulässt, wenn Flugzeuge über ihre Wellen hinaus starten; wenn große Fähren Kurs auf Piräus nehmen, das griechische Festland. Die Einwohner von Heraklion danken es dem Meer, dass er sie so gnädig walten lässt, indem sie nicht protestieren gegen Fluglärm und andere Unbilden; indem sie sich einfügen in das Gesamt-Menschen-und-Naturwerk und das Beste daraus machen. So jedenfalls wirkt es auf mich, die ich aus Deutschland hier einreise. Ich muss ja nicht Recht haben, aber ich sehe mich mitmachen, ohne zu murren. Es liegt eine Gelassenheit über der Stadt, und die will nun ausgerechnet ich nicht stören.

Ob sie uns Deutsche hier mögen? Ein Postschalterbeamter zu Hause hat mich das gefragt. Er hatte vor, demnächst nach Kreta zu fliegen, und ihm war bang, und wir gerieten in ein Gespräch. Ob sie uns mögen, fragte er, oder lehnen sie uns gar ab, wegen gewisser europäischer Verwicklungen? Ich weiß es nicht. Den Postmann ermutigte ich durchaus, seine Reise zu tun und selbst zu sehen, es auf eigene Faust herauszufinden. Ich weiß es nicht.

Mich hat man kaum jemals auf Kreta anders als auf eine Art empfangen, auf die ein jeder Mensch in einem fremden Land empfangen werden will. Also zumindest zugewandt. Ich komme noch darauf zurück. Mir persönlich erscheint es so, als fände man auf dieser Insel mehr von jener Eigenschaft, die man gemeinhin als gesunden Menschenverstand bezeichnet. Ein Aufleuchten in den Augen, eine Einsicht, ein Wissen, das keine Schuldbildung, kein akademischer Grad, keine strengen Vorschriften, aufgestellt fürs Miteinanderleben, jemals werden hervorbringen können. Auf diese Ausstrahlung baue ich, wenn ich dort bin. Wo ich herkomme, kann ich mich auf eine solche Umgangsweise eher nicht verlassen; da vermisse ich oft schmerzlich Rücksichtnahme und Respekt. Warum auch immer.

Ich höre mich so an, wie ich mich nie anhören wollte! Jedoch: Ein notorischer Nörgler bin ich keineswegs, ich wähle meinen Lebensraum Berlin an jedem Morgen neu. Gern und in vollem, jubelndem Bewusstsein. Mir ist kein Zwang auferlegt worden; ich stehe nicht unter dem Bannspruch einer bösen Zauberin. Ich will so leben und lieben und arbeiten, und ich will es gerade dort, aus freien Stücken. Nur dieses Meer, das brauche ich hin und wieder – und dieses Heraklion mit seiner unerhörten Mole.

Von dieser Betonzunge aus, die sich ins offene Wasser hin ausstreckt, kann man sehr leicht zwischen all den Häusern, Bauten mit halb angefangenen oberen Etagen, wenigen Reklameschildern, unser Hotel ausmachen, denn als einziges Gebäude ist es bunt, leuchtend in den Farben Orange und Frühlingsgrün gestrichen. So kann man es nicht verfehlen, das Life Boutique Hotel; es strahlt aus grau und dunkelweiß hervor und winkt die Besucher seiner Stadt zu sich heran. Ich würde immer wieder dort absteigen. Ein Mutter-Tochter-Paar etwa im Alter von mir und meiner Tochter erinnert sich in jedem Jahr an mich und ihn. Der junge Mann, der nachts am Rezeptionstresen steht und für sein Informatik-Examen paukt so wie mein Sohn, stellte uns inzwischen schon seine Freundin vor.

Sie haben breite, feste Betten, in denen ich ganz himmlisch schlafe, Fluglärm hin oder her. Es gibt in meinem Lieblingszimmer, das mir seit drei Jahren jedes Mal zugewiesen wird, einen Schreibtisch mit Glasplatte und Schublade für meine Stifte und mein violettes Büchlein mit den guten Morgenmeditationsgedanken. Und ich bewohnte diesen Raum nie ohne meinen Sorbas, der mir an jenen Platz – wenn ich den Füller zücke – Kaffee, Orangensaft und Kuchen bringt, zur Stärkung für die Künstlerseele. Man musste ein stärkeres Wort als „Danke" finden, ja; auch dafür, auch dafür. Was für ein unfassbarer Luxus wird mir hier zuteil!

Ein hässliches Poltern schreckt mich auf aus jenen Gedanken, vom meinem Schreiben hoch. Zuerst gehe ich darüber hinweg, wende mich wieder meinen Seiten zu. Aber es endet nicht. Spät am Abend, als ich schon in jenem Himmelbett liege, der Gefährte noch einmal kurz aus dem Haus ist, etwas aus dem Auto holen; da höre ich es wieder. Es rumpelt, gerade so, als ziele jemand direkt auf den Balkon vor unserem Zimmer. Ich stehe vorsichtig auf, luge durch die bodenlangen Vorhänge. Nichts zu sehen. Unsere schmale Terrasse mit Tischchen und zwei Stühlen geht auf einen Hinterhof hinaus; rings um uns Wohnhäuser – manche davon, die meisten, ebenfalls mit Balkonen. Einen Schritt traue ich mich noch hinaus, nach vorn, auf den Vorsprung. Endlich kann ich es erkennen: was da so scheppert, sind nicht auszumachende harte Wurfgeschosse, die auf ein Wellblechdach auftreffen. Es klingt, als splittere Glas.

Im Halbdunkel sehe ich auf einem der Erker links von mir einen kräftigen jungen Mann mit freiem Oberkörper und Glatze stehen. Gerade holt er wieder mit voller Wucht aus – als hätte er mich gesehen und wollte mich absichtlich niederstrecken, mit einem Stein oder einer Bierflasche; ich kann die genaue Beschaffenheit seines Wurfgeschosses nicht erkennen. „Macht er Jagd auf räudige Katzen oder auf Touristen?", denkt das Misstrauen in mir. Hassen sie uns doch?

So tun die mir seit langem eingeprägten Bilder, Glaubenssätze, Nachrichten ihre Wirkung.

„Es ist doch unmoralisch, in diesen Zeiten Auslandsurlaub zu machen, so, als wäre nichts geschehen, als gäbe es nicht all diesen Terror auf der Welt." Das habe ich oft und oft und oft gesagt, während wir unsere Spazierrunden drehten, unsere Pläne machten, von zu Hause aus, er und ich. „Das wollen sie doch nur erreichen", hatte mein Sorbas jedes Mal erwidert und ließ meine Bedenken nicht gelten, jedenfalls nicht als Hemmnis, als Hindernis vor dieser Reise. Ich ließ mich darauf ein. Uns jetzt war ich in einem einsamen, dunklen Hotelzimmer, wo mich keiner kannte, noch jemals vermissen würde (jedenfalls, bis der Liebste wieder zurückkehren würde), als Fremde schutzlos einem Angriff ausgeliefert; nur eine Frage der Zeit, bis ein Ohr ab sein würde, ein Auge weg – oder sogar alle beide. Die Phantasien, die mein Gehirn mir abspult, reproduziert, sind endlos, grausam und hysterisch. Haben Sie etwa den Gefährten längst in ihrer Gewalt? Nein. Wenigstens das nicht. Sorbas kehrt zurück, tut sich mit dem Informatikstudenten zusammen – und zu dritt versuchen wir, die Quelle des nächtlichen Terrors zu orten. Unser kriminalistischer Spürsinn mündet in die Erkenntnis, dass da oben wohl betrunkene Jugendliche eine rauschende Party begingen und übers Ziel hinausgeschossen waren. Alles andere entsprang Spukgestalten aus meinem eigenen Kopf. Wer weiß, was sich da alles mischte... Zu viele Horrorfilme gesehen, Krimis gelesen, Kriegsberichte für bare Münze genommen. Nehme ich zumindest an. Auch darum muss man reisen; um nicht in dem stecken zu bleiben, was einem die eigenen mentalen Verkrustungen suggerieren wollen. Um selber zu sehen. Zu fühlen. Zu erkennen.

Alle Katzen waren am nächsten Morgen noch am Leben und sonnten sich auf jenem heißen, bekleckerten Wellblechdach zwischen all den Balkonen im Hinterhof. Alle meine Ohren sind noch dran, die Augen und alles andere unversehrt. Sie haben uns natürlich im Griff mit ihrer Angstschürerei, ihren multimedialen Einflüsterungen. Wir werden eigene Erfahrungen zulassen müssen. Erfahrung ist nicht der beste Lehrmeister, steht in meinem violetten Meditationsbüchlein; Erfahrung ist der einzige Lehrmeister.

Die Welt ist, wie sie ist. Oder ist sie, wie ich bin?

Die ganze alte Stadtmauer von Heraklion sind wir am nächsten Tag abgeschritten bis zu der schon altbekannten flachen Anhöhe über dem Meer, mit dem einfachen Holzkreuz und den berühmten Worten, derer ich nicht müde werde:

I hope for nothing. I fear nothing. I am free.

Es gibt weiter nichts zu sagen, so scheint es mir an diesem schönen, aber noch nicht heißen Samstagnachmittag im Mai auf Kreta. Still, wortlos, Hand in Hand wie üblich, schlendern wir weiter. Auf einem unteren Stück der bröckelnden Mauer steht geschrieben: „Refugees welcome. Tourists fuck off!" Flüchtlinge willkommen. Touristen, haut ab! Da stellt es sich wieder vor, jenes flaue Gefühl: Sie wollen uns hier nicht. Bloß unser Geld, das schon! Bereits die kurze Fahrt vom Flughafen zum Life Boutique Hotel, alles in allem etwa fünf Minuten inklusive Stau, hat fünfzehn Euro gekostet, angeblich wegen des Übergepäcks. Jeder von uns beiden trug einen mittelgroßen Koffer bei sich plus zweimal Handgepäck aus der Flugzeugkabine. Aber sei´s drum! Letzten Endes maulen wir nicht. Ich brauche keine Erläuterung dafür, wieso ein Selbständiger von seiner Arbeit leben können muss. In Deutschland vergessen sie gerade auch Leute wie mich, die auf kein Amt gehen, sondern selber etwas schaffen wollen. Aber kein Selbstmitleid! Das erlaube ich mir nicht; genauso wenig wie eine zweite Fahrt durch Heraklion mit einem Taxi.

Vor den Toren Heraklions liegt der schlafende Zeus; eigentlich ein mächtiger Berg, der – mit ein bisschen Phantasie – das Gesichtsprofil des Göttervaters in schroffem Stein abbildet. Da ruht er; Kinn, Mund, Nase, Augenhöhlen, Stirn. Alles ist da und leicht zu erkennen. Es könnte stimmen, dass er da erstarrt ist und nun über seine Stadt wacht. Genau so wie ein in der See ausgestreckt lauerndes Reptil. Seltsam, dass solche Krokodile die Insel beschützen; vor Paläochora befindet sich auch ein ganz ähnlicher Alligator aus Stein. Ich komme noch darauf zu sprechen.

Der Liebste möchte nun auf diesen Berg steigen.

Warum das Männliche bloß immer oben stehen muss; erklimmen, bezwingen, erobern. Ich für meinen Teil kann eine schöne Natursicht auch von unten gut genießen; vom Fuße eines Berges, eines Turmes; oder wenn ich einen Flugzeugbauch beim Abheben, Aufsteigen, Davonschweben bewundere. Ich schiebe das auf meine Weiblichkeit, bin mir jedoch nicht sicher, ob das hieb- und stichfest ist. Immerhin gehört für mich zum ewig Weiblichen dann auch, dass ich einlenke, dass ich mich dazu bereit finden kann, „meins" zu überdenken, um an „seinem" teilzunehmen. Und so stehen wir auch schon in einem Hotelfoyer, worin ich mich nach einem Clubsessel umschaue. Die Wanderung über die

Mole und an der Stadtmauer entlang war ausgedehnt; sie hat auch eine geübte Stadtstreicherin wie mich müde gemacht und reichlich gleichmütig. Soll er doch den Mann an der Rezeption zum Juchtas, jenem Berg mit dem Gesicht des Zeus, befragen – und wie man dorthin kommt. Ich füge mich jetzt drein wie in ein auswegloses Schicksal. Was auch geschehen mag, ich gehe mit. Habe ja sowieso nichts Besseres vor und anzubieten im Moment. Also!

Eine weitere Karte oder einen Stadtplan schwenkend – ich weiß nicht, wie viele wir schon haben -, tanzt leichtfüßig der Gefährte zu mir her, steuert auf meine Chill-Ecke zu. Schon früher ist mir aufgefallen, dass er wie ein Matrose geht. Schwingend und federnd, mit langen, ausgreifenden Schritten, als hätte er ein Ungleichgewicht auszubalancieren. Manchmal wundere ich mich, wie es uns dennoch gelingt, Hand in Hand zu flanieren. Meine Gangart ist anders. Bedächtiger. Viele kleine kurze Schritte in aller Ruhe.

Zum Juchtas fährt man mit dem Bus Nummer Neun, eine knappe Stunde von Heraklion nach Archanes. Die Abfahrtszeit ist elf Uhr Vormittags vom Busbahnhof. Das ist mir angenehm; da kann ich vorher noch Tagebuch schreiben und einen Kaffee trinken. Yo, Man. Ich nicke, schäle mich aus meinem Sessel und komme an seiner Seite allmählich wieder in Schwung.

In einem American Diner bestellen wir in Unkenntnis der hier üblichen Portionen viel zuviel Essen – selbst die Salate sind mit Käse und dicken Weißbrotcroutons eine Mahlzeit für sich. Wir trösten uns mit dem langen Laufen heute und der bevorstehenden Wanderung morgen – und futtern, was wir eben noch gerade so vertragen können. Ich will ja partout kein Essen

„umkommen" lassen; und auch im „Alexis Sorbas" finde ich eine dazu passende Stelle:

Wir müssen dankbar alles essen, was wir vorfinden, sagt da ein Bauer. „Aber dürfen wir denn nicht wählen?", fragt der Ich-Erzähler, also der Dichter Nikos. „Nein, dürfen wir nicht", antwortet streng der einfache kretische Landwirt. „So lange noch Menschen hungern, dürfen wir nicht wählerisch sein."

„Archanes", sagt der Mann. Kein Wort zuviel. Gerade einmal, dass er sein Telefon vom Ohr genommen und gebremst hat – lässig, wie ein Cowboy seinem Pferd die Zügel strafft. Brrrrr. Wir sind da. Archanes. Und nun raus. Aus dem Bus. Nicht aus dem Sattel.

Die gesamte Fahrt über, fünfzig Minuten von Heraklion bis hierher – hat der Mann in sein Handy gesprochen; mit Mutti, seiner Frau oder seinem Gefährten, wer weiß.

Der Busfahrer. Ein letzter männlicher Beruf? Es schien mir so, während ich diesen Kerl beobachtete. Kaum kann er laufen vor strotzender Kraft. Obwohl von eher drahtiger, zierlicher Gestalt, bewegt er ein so mächtiges Gefährt. In seinen Zügen bewegt sich kein Muskel, die schwarzen Haare liegen still in akkurater Form. In meiner Phantasie sehe ich schmachtende Frauenherzen vor ihm dahin sinken. Der Busfahrer. Wer ist mehr!

Archanes ist eine blühende Ortschaft inmitten von Olivenhainen. Schon am Eingang in das gepflegte Dorf kündet ein Landwirtschaftsbetriebsschild stolz von einer „Women´s Cooperative". Sie beliefern von hier aus die große Stadt mit ihrem herrlichen Obst und Gemüse. Vor jedem Anwesen bellt ein Kettenhund. Hier gibt es Reichtum zu beschützen.

Ob Zeus auch dafür gesorgt hat, dass es den fleißigen Leuten hier so offensichtlich gut geht?

Ich scheine übrigens unbewusst den Juchtas so lange wie möglich zu vermeiden; denn – nachdem unser Bus Nummer Neun seine Endhaltestelle erreicht, unser Fahrer „Archanes" gerufen und den Sitz seines Colts, Verzeihung – seines Handtelefons – überprüft hat, bevor er die Rücktour antrat; nachdem wir also ausgestiegen sind, die Nasen in die frische, würzige Luft haltend, lenke ich den Gefährten erst einmal zielbewusst, selbstbewusst in exakt die falsche Richtung. Immer eine mich lockende Betonstraße entlang, von der ich – warum auch immer – vermute, dass sie uns irgendwann bergan führen wird. In den Gärten links und rechts unseres Weges sitzen zufrieden aussehende Familien beim Kaffee. Manche erwidern unser „Jiassas" mit dem üblichen abgekürzten „Jaaa"; andere schauen uns nur nach. Ob sie schon wussten, dass wir uns auf dem Pfad in die Olivenlabyrinthe befanden – und nirgendwohin sonst?!! Es ist seltsam in so einem Irrgarten, den die niedrigen, krüppeligen Bäumchen bilden: Man hört die Autos auf der nahen Straße, man meint fast ihre Karosserien berühren zu können; und man ist sich ganz sicher, gleich zu ihnen hinüber und von hier heraus zu finden; nur noch die nächst höhere sandige Terrasse erklimmen – und dann gerät man doch bloß unausweichlicher in verwunschene, totenstille Lagen, in denen sich wohl nur die Ziegen auskennen. Wir jedenfalls nicht. Hoch über uns mag Zeus sich seinen Bauch gehalten haben vor Lachen über unsere hilflosen Versuche. Oder – nein: Ich sehe ihn eigentlich eher streng auf uns herab schauen. „Seht ihr", sagt sein Blick, den ich mir einbilde, „in eurer Forschheit solltet ihr auch Demut lernen. Das ist heiliges Land, auf dem ihr wandelt."

Nach anderthalb Stunden des Umherirrens beschlossen wir, den Weg zurück einzuschlagen; jenen, auf dem wir gekommen waren. Aber auch dazu mussten wir uns konzentrieren. Den Plan aufgeben, war das Eine. Unsere Spur wiederzufinden, erwies sich als etwas völlig anderes. Kein Hänsel hatte Brotkrumen verteilt. Irgendwann standen Hänsel und Gretel trotzdem wieder auf der schon bekannten Betonstraße. Dann eben nicht. Kein Aufstieg. Vielleicht wenigstens noch eine Weile das Dorf umrunden. Der Bus zurück würde erst um siebzehn Uhr fahren, uns blieben noch mehr als drei Stunden Zeit bis dahin; wir verspürten keinen Hunger, keinen Durst. Noch nicht.

Also flanieren und dieses sich öffnende, weite, anmutig bebaute Tal in uns aufnehmen, das so fruchtbar ist und so lieblich.

Ein Wegweiser und eine rotweiße Kennzeichnung ließen mich jäh anhalten: Steil nach oben wies ein Schildchen in Pfeilform. „Afentis Christos" stand da, und ich vermutete eine Art Kalvarienberg zum Nachempfinden des Leidensweges Jesus´ mit all den einzelnen schrecklichen Stationen. Auf jeden Fall ging es da hoch definitiv auf den Berg Juchtas; und wir seufzten beide wie aus einem Munde: „Schade!" Schade, dass wir diesen Aufstieg oder Einstieg nicht schon gleich gefunden hatten, vor zwei Stunden, als wir noch frisch und unternehmungslustig gewesen waren, vor dem Herumirren im Labyrinth des Olivenhains. Aber noch war Zeit, und dieses Weglein zwischen Wald und Stein schien mich zu sich hin zu winken. „Wollen wir´s nicht doch versuchen, nur ein Stück?", fragte ich zum Gefährten hin; und ich brauchte ihn weiß Gott

nicht lang zu überreden. Er hätte nur auf mich Rücksicht nehmen wollen. Sagte er. So aber – mit meinem ganz spontanen Einverständnis – fanden wir uns nach Kurzem auf dem steilen Rücken des Juchtas wieder, durchnässt vom Schweiß – und bald auch vom einsetzenden Regen, der um diese Jahreszeit aus der Sahara weht und feinen Sand mitbringt, der Autos, Häuser, Kleidung betonartig verschmiert im feuchten Zustand. Egal. Wandern.
Zuerst empfand ich die Tropfen als Erfrischung – fast wie das willkommene Abkühlen nach einem Saunagang. Nur – in der Sauna bleiben mir die am Körper klebenden Klamotten erspart, und ich muss auch nicht im Fünfundvierzig-Grad-Winkel empor klettern, was mich zunehmend schnaufen ließ wie eine alte Dampflok. „Wir sollen ja auf diese Weise nachempfinden können, was Jesus Christus einst gelitten hat!" erwähnte der Geliebte und tröstete mich damit nicht. Jetzt noch ein hölzernes Kreuz auf dem Rücken, dachte ich. Und verbot mir gleich wieder, derart destruktiv zu denken. Ein überdimensionales Kreuz grüßte von oben – von weit, weit oben! Man darf nicht steil nach oben schauen beim Wandern! Nicht auf ein ach so fernes Ziel, sondern immer nur auf den nächsten zu setzenden Schritt. Wenn ich das schon wusste – und nicht erst seit heute –, warum hielt ich mich dann nicht daran und tat es trotzdem? Zunehmend verzweifelt legte ich meinen Kopf in den nassen Nacken; blickte ich nach oben auf den schier unerreichbar weit entfernten Gipfel. Meine Kräfte schwanden. Nur weil ich spürte, wie stark dieser Berg den Liebsten anzog, stöhnte ich immer wieder: „Okay. Einverstanden. Noch ein kleines Stück. Schritt für Schritt." Der Juchtas prüft einen, so viel steht fest. Er ist ein lebendiges Wesen, uns Ehrgeizigen nicht nur

wohlgesonnen. Das spürte ich unter meinen Füßen, mit meinen Antennen, in jeder Zelle. Obwohl ich doch eine gut geölte Läuferin bin, wurde diese Tour mir zunehmend zur Qual.

Plötzlich kam uns von oben jemand entgegen, federnden Laufes, in Sandalen die diesen Namen nicht verdienten; eigentlich nur zwei textilen Riemchen, die eine flache ungeformte Sohle hielten. „Auf den Mount Everest gehen sie barfuß!", schmetterte der Mann fröhlich und meinte sicherlich die dort heimischen Sherpas, nicht die westlichen Bergsteiger, die im Himalaya ihr Glück versuchen. Ich meine das ganz wörtlich: Sie führen ihr Schicksal in das Stadium der Versuchung, manchmal gefährlich, manchmal tödlich. So ein Beweisenmüssen habe ich nicht in mir. Nicht mehr, sollte ich vielleicht dazu sagen. Was also treibt mich auf den Juchtas wie eine nasse Katze; triefend, keuchend, sichtlich nun ohne Freude?!

Da fragt er es auch schon, jener sehnige Kerl, dessen Züge an Luis Trenker erinnern, falls den Berghelden aus dem Film außer mir noch jemand kennt. Da mustert er mich und fragt: „Und du? Wieso tust du dir das nun an?" Die rote Erde unter unseren Füßen wurde schon schlammig, verwandelte sich in zähen, klebrigen Brei. „Ihm zuliebe?!", fragte Luis Trenker; stellte eher fest und wies auf meinen Sorbas. All die Jahre frauenbewegter Selbstbehauptung wurden in mir wach und ich ließ sie in meine Antwort fließen, mit Kraft gesprochen: „Dafür übernehme ich selbst die volle Verantwortung." Ich sagte es mit Nachdruck – und setzte nach: „Ich will es so."

Der Freund schien im Stillen zu applaudieren – später auch in Worten, soviel darf ich schon vorwegnehmen. Luis Trenker schien nicht überzeugt. Er sah aus, als habe er schon viele Mädels wie mich gesehen. Auch scheitern sehen. Am Berg. So sah er aus.

Aber er ließ von mir ab, erzählte noch, dass dies für ihn nur ein kleines Training sei. Als Bergführer bewältige er sonst ganz andere Höhen. Zur Zeit betreue er allerdings Touristengruppen, die an solch körperlicher Anstrengung nicht interessiert seien. „Die sitzen lieber im Bus – und dann in der Taverne", sagte er noch. Darum gehe er rasch allein, einmal rauf, einmal runter. Viel Spaß noch, wünschte er und war hinter der nächsten Pinie verschwunden. Mein Spaß reichte noch exakt bis zur Straße unterhalb des Gipfels mit seinem mir nun drohend erscheinenden Kreuz. Dann legte ich mein Veto ein.

Der Regen wurde immer stärker, die Abfahrtszeit des letzten Busses nach Heraklion rückte immer näher. Wir würden ja noch einmal wiederkommen; am Ende unserer Reise, in vier Wochen. So überzeugte ich den Liebsten – oder ich appellierte an ihn, erfolgreich; wenn er vielleicht auch nicht ganz überzeugt war. Allzu sehnsüchtig schaute er nach oben. Nur noch so ein kleines Stück! Aber ein erfahrener und liebender Ehemann wie er weiß eben auch, wann es sich lohnt, ein eigenes Ziel unbedingt durchzusetzen, um nicht unnötig domestiziert zu werden; und wann er besser einlenkt, um die grundsätzlich gute Stimmung nicht zu gefährden. „Happy wife – happy life" heißt es ja schließlich auch nicht ohne Sinn; es ist die Summe vielmenschlicher – viel-ehemännlicher – Erfahrung aller Zeiten, denke ich.

Auf halbem Wege nach unten kamen wir endlich auf die Idee, unsere Regenpelerinen anzuziehen, die wir brav im Rucksack mit uns führten. Unter den ausladenden Zweigen eines Nadelbaumes entledigten wir uns notdürftig der durchgeweichten Sachen; ersetzten sie durch noch trockene Hemden und diese hellen Plastikhäute mit Kapuzen, wie sie auf Open-Air-Konzerten gern verteilt werden. Unseren Schuhen wünschten wir von hier aus alles Gute. Vielleicht, dass sie sich später wieder in einen ansehnlichen Zustand zurückverwandeln lassen würden. Im Moment hatten wir beide eher das Gefühl, jeden Moment mit dem ganzen rötlichen Hang bergab zu rutschen – und da wären Skier oder ein Snowboard – Schlammboard – nützlicher gewesen als seine Trekkingboots und meine Sneaker aus weißem – ja doch! – Leder mit atmungsaktiven Löchlein. Aber hey! Wir hatten Urlaub, wir hatten uns lieb; und es war überhaupt nicht kalt in all diesem Schlammassel. So schlitterten wir glücklich ins Dorf. Und schon am ersten Gehöft mit dem Warnschild „Pit Bull" (der uns auch bellend empfing) wurden wir mitleidvoll grinsend gefragt, ob alles in Ordnung sei mit uns. „Nai, nai", gaben wir das griechische „Ja" zur Antwort und ließen uns von einer unter einem Schutzdach an einer langen Sonntagstafel versammelten Großfamilie – samt dem Pit Bull – bestaunen. Zwei nasse Katzen in Menschengestalt, die – warum auch immer – bei so einem Wetter vom Juchtas kamen. Ja, ja, die Deutschen mit ihrem Ehrgeiz!

Aber die Blicke wirkten gutmütig auf mich; und in mir war das sichere Gefühl, sie hätten uns bei sich willkommen geheißen, vielleicht sogar der Hund; hätten wir ihre besorgte Frage mit „Oxi" beantwortet: „Nein", es geht uns gar nicht gut, und nichts ist in Ordnung, gar nichts. Stimmte aber nicht – und ein ordentlicher Yogi muss die Wahrheit sagen und nichts als die Wahrheit. Er darf nicht etwa lügen, um sich ein Familienmahl zu erschleichen. Da dreht er lieber bei und wendet sich der Taverne zu, die im Zentrum des Ortes an hungrige

Jugendliche XXL-Döner aus verschiedenen einheimischen Fleischsorten verteilt. Ich weiß noch, wie sie gefüttert werden müssen – wie die Wölfe – in dem Alter.

Als der freundliche Wirt unserer ansichtig wird, sagt er nur: „Oh" und schaltet seinen Wasserkocher ein. Tücher und Plastiktüten drapieren wir selbständig auf den geflochtenen Stuhlsitzen, um sie zu schonen. Dann erfahren wir einmal mehr, wie einen ein großes Glas Pfefferminztee mit Zucker stracks in den Himmel bringen kann unter solchen Umständen. Ich konnte sogar wieder lachen, zum Beispiel über die Tatsache, dass den Terrassenmöbeln in Azurblau auch ein winziges Set für Kinder beigefügt war; genau dieselben Stühle, ein Tischchen, bloß eben in Miniaturform. Wie gern würde ich hier mal mit Enkelchen sitzen.

An seinem Gesichtsausdruck – versonnen schmunzelnd – sehe ich es dem Liebsten an, dass er wohl ähnliche Visionen hegt. Wenn zwei sich lange kennen – wirklich kennen, in ihrem Wesen –, dann brauchen sie nicht mehr um alles Worte zu machen; dann schwingt das zu Verstehende zwischen ihnen im Schweigen. Von Jüngeren wird das oft missverstanden. „Die haben einander nichts mehr zu sagen", meinen sie zu beobachten und wollen alles anders – natürlich besser – machen als die Alten. Ich weiß das, weil ich selbst so war, so dachte – und nun zu meinem eigenen Glück die tiefere Einsicht erfahren darf. Man müsste dafür ein stärkeres Wort als „Danke" erfinden.

Hatte ich das schon erwähnt?

Den Greek Salad kann man natürlich auch in Berlin machen; seine Zutaten gibt es ja überall. Tomaten, Gurken, Zwiebeln, Paprika, manchmal ein paar Kapern. Ein würziges Stück Schafskäse oben drauf, aus dem einzelne Kräuter hervor lugen wie müßige Gäste aus Hotelzimmerfenstern. Olivenöl darüber geträufelt – fertig! Ja, man kann ihn wohl überall auf der Erde herstellen, aber nirgendwo wird er so schmecken wie mir hier auf Kreta. Soviel steht fest. Auch hier an diesem Pfingstsonntag in der Taverne von Archanes, da ertönt ein fröhlicher Gesang, als er serviert wird: Jener üppige griechische Salat in Tellern, so tief wie das Meer. Aus seinem Körbchen jubelt das Weißbrot dazu, dicke Scheiben für Wanderer an einem Regentag. Die Tomaten summen den Bass, die Gurken können sich vor Saft nicht lassen und vibrieren im Sopran. Eine Komposition für alle Lebensgeister. Wenn es stimmt, dass ein Essen dann am bekömmlichsten ist, wenn es aus frischen Zutaten von einer liebevollen Person bereitet und gereicht wird, dann Guten Appetit! Dann nahmen wir eine Mahlzeit zu uns, die jegliche Arznei überflüssig machen dürfte. Wir leckten uns die Lippen davor und danach. Noch einen Tee – noch einmal, bitte, den Brotkorb mit diesen duftenden Stücken füllen; *Rungsen*, wie der Thüringer und vielleicht auch der Erzgebirgler dazu sagt. Nun war trefflich Warten auf unseren Bus. Und neidisch – wie es schien – blickte Luis Trenker aus seinem Fenster auf der Fahrerseite, als er vorüber kam in jenem Mini-Transporter, mit dem er die fußlahmen Touristen zurück in ihre Resorts brachte. Er hätte wohl auch lieber mit uns diniert und ein wenig über die Mystik des Juchtas gefachsimpelt. Je nun! Beim nächsten Mal, eventuell, in einem Monat. Was für ein Luxus, dachte ich mir aufs Neue. So eine lange Ferienzeit. Ich wollte sie mir vorzustellen suchen, diese Spanne, indem ich sie im Kopf zurück rechnete: Was war eigentlich heute vor vier Wochen – ja, was? Ich schreibe jeden Morgen Tagebuch, so ist das Antworten nicht schwer. Ich war Gast auf einer Trauerfeier, so lange ist das also her. Die Verwandte, die wir verabschiedeten, war oft auf Kreta, sieben Mal. Sie liebte dieses Land wie ich; und so habe ich sie noch einmal mit hierher genommen, heimlich. Das geht keinen etwas an, nur sie und mich. Und – gefällt es dir, Marlene? Am Termin deiner Beerdigung will ich nun also die Dauer von vier Wochen abmessen – und es gelingt mir nicht, wen wundert´s! Zeit ist nicht gleich Zeit. Diese hier – so fürchte ich – wird in einem anderen Tempo vergehen als jede sonst. Schneller, wahrscheinlich. Ach, es ist ein Kreuz mit der Zeit.

„Man kann das Leben weder verlängern noch verbreitern, nur vertiefen." Gorch Fock. Ich würde seinen Satz hier nicht wiederholen, wäre ich nicht derselben Meinung, aus eigener, selbst gemachter Erfahrung. Das Leben vertiefen. Ja doch. Ich versuche es ja, wie man sieht. Und werde die leise Ahnung nicht los, dass ich viel weniger tun als einfach geschehen lassen sollte.

Je nun. Sei´s drum. So lange ich noch hier bin, wird genossen und danach aufgeschrieben, bis sie mir den letzten Griffel aus den steifen kalten Fingern winden müssen – oder ihn auch dort belassen. Wozu muss er fort? Sollte ich diesen Punkt extra in meinem Testament erwähnen? – Halt! Ich lebe ja noch; gerade jetzt: Und wie! Anders als Marlene. Zum Beispiel.

Alexis Sorbas sagt – durch die Feder von Nikos Kazantsakis -, dass er das Mysterium lieber lebt als es mit Tinte auf Papier zu bannen wie all die Schriftgelehrten und Theoretiker, die keine Ahnung haben vom Phänomen Weib, von Santuri-Klängen, von Schmerz und Tanz, wenn man sie wirklich erfährt. Der ganze Roman ist für mich ein Dialog zwischen Kopf und Bauch, Herz und Verstand. Und ich kleiner Mensch will natürlich alles haben, das Leben und das Schreiben. Und wie man sich nicht durch das Eine vor dem Anderen drückt. Vieles dabei habe ich von ihm gelernt, für den ich mich todesmutig entschied; und darum nenne ich ihn „meinen Sorbas". Obwohl so ein Vergleich zwischen Seelen natürlich nie ganz stimmt; mal davon abgesehen, dass ich an manchen Tagen auch sein „Sorbas" sein könnte, wiewohl ich äußerlich natürlich weiblich bin. Aber im Grunde ist mir das alles recht egal. Ich spiele damit, und spielen darf ich, weil ich es mir selbst erlaube. Einer der großen Vorzüge in meinem herrlichen Beruf. Mein letztes Wort – Griffel noch in Händen oder nicht – wird jedenfalls „Danke" sein, und das werde ich sicherlich in kein Testament vermerken. Das behalte ich auch so. Yo.

Yo, Man!

Der Busfahrer zurück war ein anderer. Still, erwachsen. Unspektakulär.

Am Abend des Pfingstsonntags liefen wir noch einmal zum Hafen hinunter und staunten, wie viele LKWs, Tanklastzüge, Sattelschlepper mit Anhängern in den Bauch der großen Fähren passten, die sich gerade bereit machten für ihre allnächtliche Überfahrt zum Festland.

Ein Fest, eine große lärmende Party schien im Gange zu sein – oder etwa ein Aufruhr? Da war er wieder, mein geprägter Kopf voller Gedanken an Flüchtlinge, die sich mit Gewalt auf ein Schiff nach Piräus zwingen wollten; die vielleicht zu allem entschlossen waren und jeden Moment die Rampe stürmen würden.

Oder war dies doch eine politische Veranstaltung, Gewerkschaft, Demonstration?

Böller knallten, Feuerwerk flimmerte, Bässe dröhnten ohrenbetäubend aus Lautsprechern. Und als wäre dies alles noch nicht laut genug, ließen Jugendliche die Motoren ihrer Mopeds aufjaulen und heulen, als wären es eigene Stimmen, die ihren Schmerz – ja, was denn auch sonst – anklagend gen Himmel schrien zum Gotterbarmen. Diese Töne schnitten mir ins Herz, versetzten meine Nerven in Alarmzustand. Was war hier los? Wozu diese Höllen-Kakophonie, der sich niemand entziehen konnte, der auch nur in der Nähe spazierte? Fasziniert, schockiert, schauten wir eine Weile nur zu, konnten uns beim besten Willen keinen Reim auf all das machen. Schließlich hielt ich es nicht mehr aus; ich sprach eine Frau auf Englisch an, die ebenfalls innegehalten hatte und dem Spektakel zusah. Sie lächelte mich freundlich an und klärte mich auf: „One Baby (sie sagte wirklich „Baby"!) goes to the Army – and all his friends say Goodbye." Oh je. Schon denke ich an den Abschied von meiner Großen Jugendliebe aus ähnlichem Anlass. Es war wie Sterben. Eineinhalb Jahre damals – ein Jahr heute und hier in Griechenland. So lange muss ein Soldat dienen; und er weiß sicherlich manchmal nicht, wo, in welchem Krisengebiet dieser umtobten Erde genau. Wann hört dieser Irrsinn endlich auf? Wie lange noch schicken wir unsere Babies mit Benzingestank und einem Teufelstanz auf solche sinnlosen Missionen?

Ich trinke Orangensaft, so dick, dass man das Vitamin C löffeln kann. Bald werden wir packen, uns auf den Weg zum Flughafen machen, um unser Mietauto abzuholen. Das eigentliche Ziel wartet auf uns: Paläochora – laut einem euphorischen Reisebericht im Internet einer der gesündesten Plätze Europas. Woran machen sie das wohl fest?

***

Mein Kopf ist vollgestopft mit Denkgerüsten, die einstmals Halt versprachen und sich dann als zu eng erwiesen, eine Ära oder einen Atemzug später. Ich wuchs aus ihnen heraus wie aus meinen Kinderkleidern. So sehr kann und mag ich auch nicht hungern, seelisch nicht, körperlich ebenso wenig, um mich in sie wieder hineinzwängen zu können. Ich möchte wieder leicht werden, unschuldig; wie Sorbas durch ein Sieb laufen, in dessen Maschen alles hängen bleibt, was ich nicht länger brauche. All dieser Ballast aus wechselnden Ideologien, scheinbar ehernen Grundsätzen, altem Mist, der mich beschwert.

Wenn man schon eine Weile lebt, hat sich allerhand angesammelt und weiß Gott nicht nur nützliches Wissen. Wenn ich das Überflüssige doch nur abstreifen könnte wie ein zerschlissenes Hemd!

Mir ist klar, dass Kreta nicht nur ein idyllischer Flecken ist. Ich habe sie selbst gesehen, die verfallenen Dörfer, in denen ganze Familien einander ausgerottet haben, aus Blutrache, wie man sie eben damals verstand; aus Vergeltung und Gegenvergeltung und immer so weiter, bis keiner mehr übrig war, hüben nicht wie drüben. Manchmal war der Anlass nur ein Streit im Sandkasten unter Kindern. Ich würde so gern glauben, dass solche Zeiten vorüber sind, dass die Menschen sich weiterentwickelt haben, höher; dass die Mordgelüste in den Maschen des unsichtbaren Siebes hängen geblieben sind, von uns genommen und von einer göttlichen Reinigungstruppe entsorgt. Ein für alle Male.

Und dann schaue ich wieder die Nachrichten.

Und dann lese ich in einer schlaflosen Nacht jenes Kapitel im „Sorbas", das damit endet, dass eine ganze Dorfgemeinschaft die schöne, stolze junge Witwe umbringt, ein rassiges Weib mit langen schwarzen Haaren, die ihr gar zum Verhängnis werden am Schluss. Eine Hexe, ein Raubtier, wie die Männer sie nennen; eine üppige Frauengestalt, die den Männern den Kopf verdreht und selbst wählen will, was oder wer zu ihr passt, wen sie zu sich einlädt. Das halten sie nicht aus, dass Eine so stark ist, und darum muss sie sterben. Nikos, was hast du da bloß auf deinen Seiten festgehalten, schreibend, wie ich es ja auch tue?!

Voller Entsetzen liege ich danach wach, spüre das kollektive Erbe in mir. Alle die Schwestern, die gequält wurden, durchs Feuer gehen mussten, für Nichts geachtet wurden nach Gebrauch – sie melden in diesen dunklen Stunden bei mir die Erinnerung an sich an. Das einzige, was mich halbwegs tröstet und im Morgengrauen doch noch in einen unruhigen Schlummer fallen lässt, ist meine Hoffnung, dass wir vorangekommen sind seitdem, als Menschengeschlecht. Und dann ist wieder ein Anschlag passiert, und alle sind wieder betroffen und posten und twittern und trauern mit den Opfern.

Bloß keine Nachrichten schauen.

Und auf Kreta scheint die Sonne.

Sorbas wollte auch Antworten wissen von seinem Schreiberling; er flehte ihn darum an in der ihm eigenen Leidenschaftlichkeit. „Du hast doch all die verstaubten Schmöker studiert, du musst doch die Lösung kennen." Irgendwo auf diesen vielen tausend Blättern muss doch vermerkt sein, worum es geht und wieso und was man verdammt noch mal tun kann auf Erden, so lange man da ist. Und wozu man überhaupt sterben muss.

Aber der Dichter kann nur davon berichten, wie all diese Autoren mit verschiedenen Stimmen ihre Ratlosigkeit verbreiten. Ich bin eine von ihnen. Ich weiß auch nicht, warum ich das Schreiben, Sinnieren, Erzählen nicht einfach lassen kann – wo ich doch auch keine Antworten habe, nur Fragen und eben mein persönliches Beispiel, mit alledem umzugehen und nicht daran zu verzweifeln. Es gibt Dinge, die geben mir Halt. Vielleicht, weil ich ein Weib bin, kann ich sie sehen und gelten lassen und mich – ja doch – daran festhalten.

Vielleicht hättet ihr damals auch die Frauen befragen sollen; sie zu euren Gefährtinnen machen statt zu euren Opfern, auf die ihr im günstigsten Falle bloß herabschaut. Wo das gelingt – ein Mann, eine Frau auf Augenhöhe, echte Wegbegleiter, jeder für den jeweils anderen -, da blüht ein größeres Ganzes auf, in dessen Genuss einer allein so nie gekommen wäre. So meine ich das wenigstens zu erkennen.

Ach, ich gerate ins Schwadronieren.

Dabei sitzen wir längst in unserem dunkelgrauen Fiat Panda – die Koffer sind darin Kante an Kante verstaut -, und finden auf Kretas National Road, immer am blauen Meer entlang, unseren Kurs. Von mir aus könnte diese Fahrt durch weiß und rosa grüßende Oleanderbüsche ewig dauern, ich habe es nicht eilig. Vor allem genieße ich es, zu sehen, wie sich der Liebste neben mir verwandelt. Er entfaltet seine Flügel, findet zu seiner Wildheit zurück. Das ganze Profil – von rechts, aus der Perspektive der Beifahrerin betrachtet – bekommt die verwegenen Konturen eines Freibeuters. Es ist wie ein Wunder. Ich möchte ihm zu einer goldenen Creole im Ohr raten, die würde das schöne Bild abrunden. Aber das will er nicht. Nein, so ein Schmuck, der taugt ihm nicht. Der goldene Ehering genügt ihm vollauf.

In Gottes Reich herrscht kein Mangel.

Das sehe ich in Kretas herrlicher Natur. Im Überfluss wiegen sich exotische Blüten, die zu Hause eifersüchtig in Töpfen gehegt oder teuer bezahlt werden müssen im Blumengeschäft. Hier ist nichts abgezählt bemessen oder kostet ein Extra-Geld fürs Betrachten, fürs Schnuppern. Ich bekomme ein Gefühl dafür, wie alles gemeint ist. Wie es an seinem Ursprung gemeint war, will ich sagen. Der Liebste singt und schlägt den Takt dazu mit seinem freien Fuß. Er tanzt im fahrenden Auto.

Ich erinnere mich an eine Urlaubsfahrt, da saßen die Kinder noch auf dem Rücksitz; und er rastete ähnlich aus zu einem Sound aus dem Radio. Plötzlich – ein Rauch, der aufstieg. Grauer Dampf bei Tempo hundertzwanzig! Wir schauten uns an, entschieden blitzschnell. Rechts heran lenkte er den Wagen, während ich mich zu Tochter und Sohn umdrehte: „Wenn wir stehen – raus!", befahl ich ihnen, und sie nickten. Kluge Kinder, die erkannten, wann es ernst wurde. Alle vier Türen rissen wir auf, während der Opel noch am Ausrollen war; er auf seiner Seite, ich auf meiner. Heraus zogen wir das Widderchen, den Schützen, die auch schon selber sich eilig von ihren Sitzen heraus trollten. Auf – sperrangelweit offen – blieben die Autotüren stehen, während wir Land gewannen, jeder ein mitrennendes Kind an seiner, ihrer Hand. Als wir uns sicher fühlten, blieben wir keuchend stehen, schauten uns um, eine Explosion erwartend, eine Feuersbrunst. Nichts geschah. Da stand nur ein verwunderter Opel mit verletzlich offenen Türen und blickte ein wenig ratlos um sich. Was hatte er denn getan, dass wir ihn so fluchtartig im Stich ließen, wo die Fahrt doch eben noch so fröhlich schien, unbeschwert gewesen war?!!

Die Stille zog sich hin. Irgendwann fassten wir Erwachsenen uns ein Herz und schlichen uns vorsichtig an. Die Kinder warteten in gebührender Entfernung, auf unser Geheiß.

Schritt für Schritt. Wir pirschten uns an. Immer noch lächelte ein friedlich sich ausruhendes Auto uns entgegen. Unter der Motorhaube das beruhigende Knacken, wie immer, wenn die Maschine sich abkühlt.

Kein Rauch. Kein Feuer.

Des Rätsels Lösung zeigte sich schließlich unter den staubigen Fußmatten. Deren Belag von Stränden, von Waldwegen hatten die tanzenden, stampfenden Sorbasschritte aufgewirbelt – es war nichts Gefährlicheres dabei gewesen!

Ich lasse ihn tanzen und Staub aufwirbeln und mir den Kopf verdrehen wie damals; mich ängstigt heute nichts daran. Wie schafft man es, solche Art auch im Alltag zu bewahren, dass sie nicht untergeht, die Ungezähmtheit, die pure Menschlichkeit zwischen Vollzeitarbeit und verschiedenen Berufswelten, in denen wir zwangsläufig balancieren?

Nein, auch ich habe keine Antworten, wie es scheint, ich stelle wie alle nur die immer gleichen Fragen.

Obwohl! Ich halte inne. Ist das denn wahr?

Wir werden sehen. Sehen werden wir.

„Unser Strand" schreibt Nikos, nur: Unser Strand. Wie kommt es, dass das genügt? Wie macht er es, dass ich bei diesen zwei Worten sofort ein Bild vor Augen habe von jener Stelle mit Kieseln und Sand und einer Baracke, in der die beiden ungleichen Männer einige Monate zusammen verbrachten. Unser Strand. Ein

Bild, dass im Moment nur mir gehört, und das ich mir vom Film noch nicht mit fremden Bildern überlagern lassen will. Neunzehnhundertvierundsechzig wurde er gedreht. Da war ich drei Jahre alt.

Unser Strand. Auch wir hatten ihn, unseren Strand; und ich weiß jetzt schon, dass ich wieder dorthin will, mit ihm – natürlich mit ihm! Mit wem denn sonst! Vielleicht, dass die Kinder uns einmal dort besuchen und ihre Kindeskinder.

Auch von kretischer Seite her wird es ein Baby geben, sollten wir ins Blaue Paradies zurückkehren wo unser Bungalow steht. Ein dicker Bauch, den eine junge Frau fröhlich vor sich her schob, während sie den Feriengästen ihre Unterkünfte zeigte, kündete schon davon.

Sie haben aus diesem Stückchen Land eine Oase gemacht, davor soll es ein wahres „Desaster" gewesen sein, wie ich erfahre. Karg, voller Müll und Gestrüpp. Unwirtlich. Und jetzt... – „As you see, we like flowers", heißt es, wenn Neugierige hier herum geführt werden. Hibiskus, Gerbera. Rosen. Alles steht in voller Blüte oder entfaltet sich gerade noch, im Laufe des Mai oder des Juni. Die Palmen müssen leider beschnitten werden, damit die Gäste freie Sicht aufs Meer haben, von jedem Platz, jeder Terrasse aus – und wie ich hoffe, nicht nur deshalb, sondern auch, weil die vertrockneten, braunen Wedel eben einfach „ab" müssen, damit die Säfte an die lebendigen Stellen im Baum fließen können. Andernfalls hätte ich das Urwaldartige bevorzugt; das, wohinter ich mich allmorgendlich beim Schreiben gut verbergen kann vor Blicken und eventuellen Anfragen.

„Than she has a friend", sagt freundlich die Schwangere und klopft zärtlich auf ihren gewölbten Bauch, als wir ihr erklären, dass eines Tages möglicherweise auch unsere Enkelin hierher kommen könnte. Ein schöner Gedanke. Ich bin grundsätzlich sehr dafür, dass sie alle Freunde sind und nichts anderes. Aber das weiß man ja von mir. Das ist nichts Neues.

Die Dame in so froher Erwartung ist nicht die Chefin. Jene ist ihre Freundin, ebenso jung, aber etwas strenger vielleicht, wenn man ihr zum ersten Mal begegnet jedenfalls.

Also, wir mieteten uns einen der Bungalows. Die Chefin hatte uns woanders einquartieren wollen, in eines der Apartments, zu einem sehr günstigen Preis und „in front to the sea". Yeah! Genau das Richtige, falls man fünfundzwanzig ist und männlich und ein Schlaks, der erst einmal eine Kruke entkorkt, ein Pfeifchen entzündet und sich vor der Herberge lässig lagert, um zu schauen, wer wohl so alles vorüberkommen wird. So habe ich ihn kennengelernt, und – Gott ist mein Zeuge! – es war mir unmöglich, ihm zu widerstehen. Ich meine, wir würden auch heute noch in so einem Zimmerchen miteinander klarkommen; und da hatte ich noch nicht einmal die dicht schließenden Fensterläden entdeckt, als ich geneigt war, es so zu sehen. Ja. Ich war geneigt, dem Angebot der Chefin zuzustimmen. Aber ihm sah ich es an: Dies war ganz und gar nicht, was er sich für ein paar Wochen Urlaub vorstellte. Er wollte sich ausbreiten und kochen aus vielen Zutaten, die er lustvoll einkaufen würde – und er wollte sein eigenes Reich dafür haben, ohne mich beim Schreiben zu stören, möglichst.

Dann lieber etwas tiefer in die Geldbörse greifen, aber die Ferien haben, die man sich wirklich vorstellt. Und noch war ja auch gar nicht gesagt, ob uns die Kinder dieses Mal schon beehren würden und die Kindeskinder, mit ihrem Besuch.

Wir beratschlagten also kurz, und dann sagten wir es der Chefin, siebenundzwanzig Jahre jung und gesegnet mit italienischem Charme sowie dieser Reibeisenstimme der Sängerin Gianna Nannini aus eben jenen Landen. Es würde mich nicht wundern, wenn sie nebenberuflich Rocksängerin wäre in einer Band. Rockröhre. Für solche wie sie wurde die Bezeichnung erfunden.

Wir sagten ihr also, wir begehrten den Bungalow und nicht das Apartment. Da sagte sie zwei Dinge, die bei mir in schlecht zugeheilte Wunden trafen und sie sofort wieder puckern ließen. Ich könnte schließlich überall schreiben, sagte sie. Und, dass manche Menschen nicht einmal einen Raum für sich allein besäßen – während wir zu zweit ein ganzes Haus wollten!!

Na klar. Hallo, Schwester!

Ich weiß, wer da so spricht: Das bin ich selbst, in deinem Alter. Gegen jegliches materielle Anspruchsdenken, immer gleich die ganze Welt retten; wissen, was die anderen tun sollten (und was nicht) – und selber so sehr verletzlich, dass ich mich mit äußerst anmaßendem Verhalten tarnen musste, wenn ich nicht gerade zum Verschwinden schüchtern war.

Du sagst mir nichts Neues, griechische Verbündete. Diesen Text kenne ich, und fast bin ich dir dankbar dafür, dass du mich an ihn erinnerst. Dass du mich an mich erinnerst, wie ich war; wie ich vielleicht noch immer bin. Ich muss bloß erst durch meinen Unmut hindurch wachsen, der mir suggeriert, so eine Göre wie du dürfe mit einer Lady wie mir auf solche Weise nicht sprechen. Es ist kein Kampf, den ich gewinnen muss. Ich sehe doch, wie es schon in dir arbeitet, Schwester; wie du beflissen umschaltest auf „business" und immer wieder aufgeregt versicherst: „I management it for you.

I management it for you." Es sei schließlich unser „Holiday" – und, mein Gott, es sei Mai und die Hauptsaison auf Kreta noch um Wochen entfernt. So wuselt sie um uns herum, zeigt uns die Elektrik im Haus, den Sicherungskasten – und hätte mir ein Computerkabel gebracht, wenn ich ihr nicht erzählt hätte, dass ich mit der Hand schreibe. Sogar die erste Anzahlung wollte sie zurückweisen – wir sollten sie ruhig zum Einkaufen verwenden, das Wichtigste zuerst! Ein schnöder Geldschein bedeutete ihr nichts, das sollte man an verächtlich herabgezogenen Mundwinkeln und abwehrenden Gesten erkennen. Wir müssten doch zu Abend essen und an ihr sollte das nicht scheitern. Die Chefin mochte nicht daran schuld sein, wenn wir verhungerten – im Bungalow statt im Apartment.

Irgendwann ließen wir voneinander ab, um uns – hoffentlich alle – zu erholen.

Vielleicht steckte ja noch etwas anderes dahinter; daß sie dieses kleine Haus renovieren wollten oder neu einrichten – und noch gar nicht auf sich einquartierende Gäste eingestellt waren. So überlegten wir später – als wir uns schon eingenistet hatten.

An diesem allerersten Abend im Blue Paradiso am Rande von Paläochora hätte ich mir beim besten Willen nicht vorstellen können, welche tiefe Liebe ich binnen weniger Tage für diese junge Frau Nannini empfinden würde.

Die jungen Leute Kretas sehe ich sich um ihre Heimat kümmern. Überall, wohin ich schaue, ins griechische Leben oder zwischen Buchdeckel, wird mir klar und klarer, wie leidenschaftlich sie auch ihren Nationaldichter verehren, weil er ihr Land so besungen hat.

Eines Morgens wache ich auf und denke: Und ich? Welche Heimat besinge wohl ich in meinen Werken? Mir scheint, ich hatte eine, und die ging mir verloren. Seitdem ist mir Heimat, wo ich Zuflucht fand: Ausgerechnet bei einer ur-amerikanischen Idee. Das hätte mir mal jemand prophezeien sollen; ich hätte es diesem Propheten sicher nicht geglaubt. Eher hätte ich geglaubt, dass die Idee des Sozialismus solche weltweite Verbreitung findet, weil sie in ihrem Grunde doch eine gute Sache war, oder etwa nicht?! Weltfrieden. Keiner soll hungern, sich um seine Arbeit, Wohnung existenzielle Sorgen machen müssen – und nie eine Mutter mehr ihren Sohn beweinen, weil er als Soldat gefallen war. Statt dessen Solidarität mit allen Völkern dieser Erde. Das hätte sich doch ausweiten müssen – wie die rosa gezeichnete Fläche in meinem alten Schulatlas von neunzehnhundertzweiundsiebzig. Der Plan war, dass die ganze Welt eines Tages rosa ist, also sozialistisch. Wie im Schulatlas schon die Große Sowjetunion, die Volksrepublik China, die Mongolische Volksrepublik und all die kleinen Bruderländer in Reichweite der DDR.

Aber nein. Kein weltweites Rosa.

Dieses, mein Land, ging unter – wie all die anderen genannten Staaten bekanntlich auch -, es geschah ganz gegen meinen Willen; und seitdem habe ich, Jahrgang neunzehneinundsechzig, keine Heimat mehr, im staatlichen Sinne. Niemals käme ich auf den Gedanken, glühend diese Bundesrepublik zu bejubeln. Man möge mir das bitte verzeihen, aber neu angewurzelt bin ich auf dem anderen Boden, der rein geografisch verteufelt meinem früheren gleicht, nie. Umgezogen bin ich nie. Die Welt um mich herum bekam bloß einen fremden Namen.

Je nun. Jetzt mischt sich sowieso alles, und es macht mir keine Angst. Weil ich schon vor so langer Zeit umgesiedelt worden bin, ohne dass mich jemand nach meiner ausdrücklichen Zustimmung gefragt hätte. Sie nahmen allgemein an, ich müsste mich freuen. Je nun. Ich freute mich nicht, es machte mir Angst, aber das ist nun auch schon wieder verjährt.

Ich habe eine innere Heimat finden dürfen, und die kann mir kein äußerer Wechsel jemals wieder nehmen, glaube ich. Dass es soweit kommen konnte, verdanke ich jener Idee, von der ich schon sprach; die ursprünglich in Amerika geboren wurde und sich nun, achtzig Jahre später, wie von selbst über die ganze Welt verteilt hat. Auch nach Kreta, wie ich noch berichten werde!

Das hätte der Sozialismus/Kommunismus gern gehabt, dass er sich durch freiwilliges, unentgeltliches Engagement Einzelner in so historisch kurzer Zeit zu einer erdumspannenden Bewegung entfaltet.

Na ja. Es kann sein, dass der Vergleich, den ich hier ziehe, etwas merkwürdig ist und auch schief – und mehr mit mir zu tun hat, als ich schon verstehen kann. Erlebt habe ich so ein Wunder aber nun einmal nur in den Zwölf-Schritte-Gruppen des Offenen Visiers. Sorry, Erich; aber für diese gute Sache bin ich nun bereit, mich völlig einzusetzen – so, wie ich es mit meinem jugendlichen Idealismus für die deine auch mal war. Der weltweite Siegeszug des Sozialismus hat nicht stattgefunden. Dafür jener der Anonymen Alkoholiker. Ist das nicht verrückt?

Für mich ist AA die menschliche Gesellschaftsform, die Familie auch, in der ich anfangen konnte zu wachsen; der Boden, auf dem ich stehen und aufblühen darf als Mensch. Als Frau. Wie gesagt: Ich weiß, den Allermeisten wird der Vergleich des Einen mit dem

Anderen seltsam vorkommen, das ist mir wohl bewusst. Ich habe auch schon – durchaus kluge – Leute sagen hören, ich solle doch nun endlich einmal damit aufhören, „davon" zu erzählen, in meinen Büchern. Sie wüssten es nun. Manchmal sind das Leute, die ihrerseits nicht damit aufhören können, ihre DDR zu beschreiben; ihre Rolle darin wieder und immer wieder zu verarbeiten. Schriftlich. Auf Buchseiten. Ungeachtet der Tatsache, dass wir, ihre Leser, es längst wissen. Yo!

Ich bin niemandem gram darob, dass er meines nicht versteht. Sagen wir mal so: Ich staune nur. Ich staune anhaltend, wenn Menschen lebenslang den Alkoholismus beklagen, unter dem sie – auch als Angehörige von Süchtigen, was mir völlig klar ist – fürchterlich gelitten haben. Läuft ihnen jedoch jemand über den Weg, der eine Lösung gefunden hat, eine Antwort auf solche Fragen; der seit Jahrzehnten wiedergutmacht, es wenigstens versucht und kein Glas mehr angerührt hat, seit er dreiunddreißig war, dann wollen sie es wieder nicht hören; dann sagen sie, du hast es doch geschafft und ganz allein, und nun schweig endlich still davon, es ängstigt mich.

Es ist ein Lebensprogramm. Ein Fortsetzen des eigenen Weges in einer Welt, in der überall Alkohol getrunken, ungefragt serviert wird. Wie kann man so in den Urlaub fahren, wo doch der Raki und der Ouzo – und wie sie alle heißen – in jeder Taverne schon wartet, um den Dämon im eigenen Inneren herzlich zu begrüßen. Der schläft nur, dieser Flaschengeist, der hat sich doch nicht aufgelöst – egal, wie lange ich schon trocken bin.

Und dann freut er sich wie du auf die Ferien; sieht diese niedlichen, so harmlos wirkenden Fläschchen wie Parfümflakons – und was soll er denn dann davon halten, der Dämon?!!

Er denkt, da war doch mal was; und dann tupft er eine Erinnerung auf die Zunge und ins Hirn. Wohl dem, der dann nicht auch noch einen trinkenden, solcherart genießenden Partner hat. Wohl also mir! Ich habe schon Menschen mit schierem Grauen in den Augen sagen hören: Gott sei Dank ist der Urlaub vorbei! Ich kann sie oder ihn nicht länger Rotwein schlürfen sehen im Sonnenuntergang.

Es ist eine Krankheit. Kein Spaß.

Ich bin auch deshalb am Ende froh über meine Heimatlosigkeit von diesem Land, weil ich so zu dieser Gemeinschaft finden durfte, die auch in den Kapitalismus nicht passt. Manche nennen sie „die einzig funktionierende Anarchie auf der Erde", weil alles freiwillig ist, nichts hierarchisch oder sonst wie organisiert. Sie, die einige auch als eine „Graswurzelbewegung" bezeichnen, ist für mich definitiv wie nicht von dieser Welt. Sie existiert darin, das ja. In dieser Welt. Aber nicht von dieser Welt. Jesus hätte seine Freude daran.

Hat er vielleicht auch.

Wer weiß.

Ich hätte vielleicht nie gelernt, offen von mir zu berichten, wie ich mich wirklich fühle, und nicht, wie ich mich hätte fühlen sollen, den Lauschern, den Beurteilern zum Gefallen. Ich hätte vielleicht niemals die tiefere Dimension in mir erkundet – oder erst im nächsten Leben. Wo ich herkomme, tat man so etwas ja ab als „Opium" für das Volk; und so tat auch ich es ab, für mich. Brav, angepasst. Noch nicht einmal *das* konnte ich lange Zeit zugeben, dass ich so war, tatsächlich so. So wenig mutig, wenig rühmlich. Tja.

Rebellion nur nach innen, alle Gewalt gegen mich selbst. Nur, wenn ich betrunken genug war, dann wurde ich laut. Ach! Nein, sie hatten keine Antwort darauf. Sie konnten keine finden, wo alles nur mit dem Kopf zu erklären sein sollte. Und so bin ich nach dem Verlust von Heimat letzten Endes weich gefallen. Aus mir ist eine Frau geworden, die sich fast überall zu Hause fühlt, weil es fast überall Meetings gibt. Auch auf Kreta, immer Dienstagabends in Chania. Schon einen Tag nach unserer Ankunft waren wir dort – und dann all die vier Wochen über, jeweils am nämlichen Wochentag. So konnten die leckeren Fläschchen mir nichts anhaben, ich mir über mich und meine immer nur für heute zum Stillstand gebrachte Sucht nichts vormachen – egal, wie hell die Sonne auch vom mediterranen Himmel schien; wie mein Gefieder sich sträubte, entspannte. Ich fühlte mich darüber hinaus mit allem Guten auf der Welt verbunden und lernte originelle Menschen kennen aus aller Herren Länder. Selbstverständlich werde ich nichts weiter über sie erzählen; anonym ist anonym.

Aber soviel darf ich sagen: Sie sind mir neue Freunde. Und ich gehe wirklich vorsichtig mit dieser Bezeichnung um.

Man müsste ein stärkeres Wort als „Danke" finden.

Ich sagte es schon. Ich sagte es schon.

Alles, was im Leben zu geschehen vermag, kommt auch im Leben vor. Alles, was im Leben vorkommt, gehört auch in Bücher und muss nicht schamhaft verschwiegen werden – zumal, wenn es sich um etwas so Heilsames handelt, das viele Menschenleben rettete und immer noch weiter rettet. Schamhaft ist auch eine Haft. Keine Befreiung.

***

Wir machen das Haus zu unserem Haus. Wie es sich verwandelt über Nacht! Nur durch unsere Anwesenheit. Leben muss drin sein. Seelen füllen Räume aus.

Das habe ich auch Freunde schon sagen hören, die sich ein Haus in Süditalien gekauft hatten und es dann anderen Menschen – Bekannten, Kollegen, Verwandten – zum zeitweiligen Bewohnen anboten, damit es nicht so sinnlos leer stehen möge. In solchen Mauern müssen Leute sein, das wussten sie, und nun erlebe ich es wieder einmal selbst. Unser – ja: ich sage bereits, dass es unserer ist! – Bungalow wirkte kalt und abweisend, unwirtlich fast, als wir ihn bezogen. Eine Küchenfliese klapperte an ihrer Bruchstelle wenn man darauf trat. Aber das musste man, darauf treten, wenn man an den Kühlschrank wollte, der einen gleichgültig und leer angähnte. Überall lag noch Staub. Das ist kein Vorwurf, wenn ich das so sage; die junge Frau Nannini hatte uns ja nicht ohne Grund das Apartment vermieten wollen. Und nun übernahmen wir das Häuschen eben so, wie es der kretische Herbst, der Winter, der Frühling uns hinterlassen hatte. Wir sind nicht zimperlich – und eigenes Mit-Anfassen gewohnt. Danke an dieser Stelle unserer Erziehung zum Gemeinschaftsdenken und den vielen freiwilligen Subbotniks, na ja. Anderen ist so eine Haltung gar nicht mehr nahezubringen, heutzutage. Aber wir können sie kaum abschütteln. Sie ging uns in Fleisch über und in Blut. Wir zwei müssen oft das Gegenteil üben: Ein Stück gesunden Egoismus. Ja, ja, ich weiß. Der Grat ist schmal. Doch nun: Dieses Haus.

Ein wenig Feudeln, Wischen, Einräumen. Marlene sitzt in der Sofaecke und lacht uns zu.

Bunte Obststücke in eine flache Schale legen, meine indischen Tücher überallhin. Auf die Couch – Marlene rückt ein Stück und zupft die baumwollenen Ecken zurecht -, über Stuhllehnen, die Betten.

Ich kann sagen, dass ich nun genug dieser besonderen Textilien gesammelt habe. Zum Anziehen, zum Um-die-Schultern-Legen, zur Dekoration. Mag die Erderwärmung kommen! Ich bin vorbereitet. Leicht und fein sind diese von mir so bevorzugten Gewebe. Gerade so zartfederleicht, wie wir einmal gewesen sind – und wie wir es, zumindest innerlich, auch wieder werden sollten im Laufe unseres Lebens.

Du sprichst große Worte gelassen aus. Höre ich eine Stimme zu mir sagen. Marlene? Bist du das? Na klar, wer sonst. Du und ich, wir beide wissen es: Das Aussprechen ist das Eine. Gelebt werden muss es auch, und das ist weitaus komplizierter. Als ich dir helfen wollte, weißt du noch, Marlene? Als ich dir meine Botschaft bringen wollte. Sie hatte doch auch mich gerettet; wieso nicht also dich?! Du wolltest nicht. Du konntest nicht. Du sagtest, dass du dir nicht vorstellen könntest, auf das Stößchen zu verzichten, dieses Nein beim Feiern auszusprechen, für dich ein Verlust an Lebensqualität. Je nun. Vielleicht brauchtest du das ja auch gar nicht mühsam zu lernen, immer wieder einzuüben, so wie ich. Diese Diagnose konnte ich nur für mich selber stellen; das tut keiner für keinen mit Wahrheit. Und nicht jeder, der viel trinkt, vielleicht zu viel, ist auch gleich ein Alkoholkranker. Ob du letzten Endes daran gestorben bist – auch das weiß niemand, und kein Arzt würde es attestieren. Wozu auch! Wem hülfe es?! Hätten wir mal lieber über Kreta gesprochen, aber so nahe waren wir uns nicht; sind wir einander erst jetzt – wo ich mehr von deiner Seele fühle und dich stumm herüber lächeln sehe aus deiner gepolsterten, dekorierten Ecke her.

Du bist mitgekommen. Warum auch immer. Da du nicht mit mir redest, denke ich über dich nach. Hat dich ein ähnlicher Hunger getrieben wie mich? Eine vergleichbare Liebe zu einem solchen Männertyp, Onkel und Neffe und wieder ein Neffe. Sie können einen aber auch bezaubern. Erfüllen einem alle Wünsche, schauen einen an wie eine Göttin, machen einer wie uns die Welt schön. Manchmal muss ich mich direkt schütteln und mit Absicht entfernen – nur kurz -, um ganz sicherzugehen, dass ich mich noch nicht selbst verloren habe in all dieser Fürsorge. Andere geben es ganz offen zu, dass sie eine symbiotische Beziehung hatten, ein Herz und eine Seele, wie verschmolzen. Ich habe viel zu lange gedacht, so etwas wäre irgendwie falsch, und ich müsste es ändern. Wie war es bei dir, Marlene? Ist ja kein Wunder, dass zwei wie wir auf soviel Gefühl und Anmut abfahren, wenn wir es doch endlich, endlich gefunden haben. Ach! Ich höre, du warst ein Findelkind? Na bitte. Ich sage es doch. Gehen du und ich so auf in der Liebe, am Meer, weil sie soviel größer sind als unsere kleinlichen Menschlichkeiten? Baden wir uns deshalb so genussvoll in diesen beiden Elementen?

Kann schon sein. Kann gut sein.

Übrigens denke ich nach meinem derzeitigen Stand der Einsicht, die Liebe ist weniger das Warten auf den Einen, einzig Richtigen als vielmehr die Bereitschaft zweier Gleichgesinnter, sich dieser Großen Kraft, genannt Liebe, zu öffnen und sich von ihr verwandeln, just davontragen zu lassen. Hinfort von allem, was man mal für ehern festgesetzt gehalten hatte. Insofern, nun ja, braucht es doch den Einen, einzig Richtigen – und die Eine dazu. Jeder hat diese Bereitschaft nicht. Lauwarm scheint vielen genug, auch, wenn sie anderes behaupten.

Ja, ja. Du brauchst es mir nicht einzugeben, Marlene. Ich weiß es. Schon wieder spreche ich große Worte gelassen aus. Aber, hey: Ich habe eigene Erfahrungen vorzuweisen in dieser Sache; und zum ersten Mal denke ich, du vielleicht auch.

Du schweigst. Die See schweigt.

Niemand sagt ein Wort.

Dies alles hier tut mir so wohl, dass ich nach drei, vier Tagen Kreta schon nicht mehr dieselbe bin wie in Berlin. Ich schwinge anders; jede Zelle. Wie kommt das nur?

Ich habe keine Ahnung und will es eigentlich auch gar nicht wissen. Ich genieße nur. Das wollte ich ja ganz bewusst üben. And so... HOPP HOPP ALLEZ HOPP. Und froh drauflos geschwelgt. Y-Y-Y-YO, MAN!

Ich weiß nicht, ob man´s merkt, aber mir fehlen fast die Worte.

Yo!

***

Zu meinem Glück muss ich nicht mehr alles erklären. Auch muss ich nicht mehr alles glauben, was ich denke. Endlich! Mir ist, als habe ich unbewusst seit Jahren darauf hin gearbeitet. Arbeit! Das klingt schon wieder so nach strenger Tat. (Der Sorbas an meiner Seite mag es auch nicht, wenn jemand sagt, er habe intensiv an sich gearbeitet.) Aber das ist es nicht. Es ist mehr ein „Lassen" denn ein „Tun". Ein Zurücklassen. Ein Hinter-Mir-Lassen. Und es mir dann nicht wieder erneut holen wollen. Nicht aufs Nächste an mich

Heranziehen, was mich am Ende doch nur belasten würde. Yo!

Wie wäre es wohl, ich hätte gar keine Konzepte mehr, keine Identifikationen mit irgendetwas, einer bestimmten Rolle, zum Beispiel. Schwerelos müsste das sein. Sehr, sehr ungewohnt auf jeden Fall. Ich wäre einfach da, ich schaute unverblendet aus diesen Fenstern heraus auf dich, auf die Welt, auf ihn. Ich fände keinen Halt mehr an Systemen; ich suchte keine Begründungen mehr, keine Regeln. Für das Leben, für die Liebe; da ist es besonders müßig, nicht wahr? Sie geschieht. Ich bin mittendrin.

Ob sie in diesem Alten Schulhaus von Anidri bei Paläochora auch Liebesgedichte interpretieren mussten? Ich stelle mir vor, wer hier seine Unterrichtszeit verbrachte, der kann nur gute Gedanken empfangen, nur Förderliches gelernt haben.

Was für ein Ort! Ein schattiger Garten mit alten Olivenbäumen, der Blick geht direkt aufs Meer, wie er von einer Luxushotelterrasse nicht schöner schweifen könnte. Wie haben sich Schüler hier auf einen Mathematik-, Biologiestoff konzentrieren können, wo doch ringsum die prächtige Natur zum Wandern, Schwimmen, Bewundern ruft! Eine kleine Dorfschule, in der jeder jeden gekannt haben muss, und die heute ein feines Restaurant ist, das köstliche regionale Speisen anbietet. Überbackene Auberginen. Spinatsalat. Ziegenfleisch vom Grill. „Öko" muss keiner extra dazu schreiben auf die beiden Schiefertafeln, die jeden Tag frisch mit dem Menü beschriftet werden, eine auf Griechisch, eine auf Englisch. Und erst der Nachtisch! Cheesecake, so saftig und goldgelb, dass er für sich eine vollständige Mahlzeit darstellen könnte. Noch warmer Kuchen, der vor Schokoladensauce nur so strotzt. Und die Katzen bekommen immer etwas ab vom köstlichen Glück. Darum sind sie auch nicht dürr und räudig, wie so viele ihrer Geschwister auf Kreta; nein: Sie lecken sich glänzendes, dichtes Fell und blinzeln träge in die Sonne. Ich meine sogar ein Rassetier unter diesen Schönen ausgemacht zu haben; einen Perser im herrlichen silbernen Samt. Die Gäste streicheln gedankenverloren diesen Pelz – und er (oder sie?) lässt es gnädig geschehen. Ich denke an meine schwarze Einäugige, von der der Liebste sagt, sie nehme sich jeden Morgen ihr rechtes Auge heraus; ein Geschäftsmodell, um aus Mitleid gefüttert zu werden. Das hat der persische Katzenkönig nicht nötig. Er frisst bestimmt auch nicht alles, was ihm so angeboten wird und befolgt stattdessen eine gesunde Diät. Ich möchte darauf wetten! Er ruht in sich im selben Maße in dem die Kater rings um unseren Bungalow nervös sind, ständig auf dem Sprung. Ein Scheich auf seidenem Diwan und blutunterlaufene, nachtschattige Diebe. Größer könnte der Unterschied nicht sein. Und gehören doch zur selben Gattung, diese Lebewesen, zu einer Art.

Wir wälzen ein schier unlösbares Problem, und das weiß Gott nicht erst seit heute. Nein; bereits seit Tagen jonglieren wir in Gedanken mit Varianten der Organisation und Logistik, um es endlich wahr zu machen, was wir bislang verabsäumten: Die berühmte Samaria-Schlucht zu durchqueren. Jetzt, bei unserem dritten Kreta-Aufenthalt, finden wir es beide an der Zeit. Beim ersten Mal noch zu scheu und unerfahren auf der Insel, wollten wir die touristischen „Man muss"-Pfade nicht absolvieren. Erst mal sehen. Erst mal fühlen. Erst mal ankommen. Erst mal ankommen auf unsere Art, nicht auf die von jemand anderem.

Im Jahr darauf umrundeten wir einmal das ganze Eiland, mit dem Auto, na klar doch. Wir wanderten zwar auch, aber wieder nicht durch Samaria. Das hoben wir uns auf. Vielleicht, weil wir schon ahnten, dass wir wiederkommen würden. Weil wir es wussten, in einer tieferen Instanz inside. Wahrscheinlich war es so. Und die Instanz behielt ja recht: Hier waren wir zum dritten Mal, magische Zahl, wie im Märchen. Und sowieso die Nummer aller guten Dinge. Also! Samaria, weltbekannte Schlucht: Wir kommen!

Nur – wie?

Die Wanderung von der Hochebene Omalos bis hinunter nach Agia Roumeli am Meer ist sechzehn Kilometer lang und wird mit fünf bis sechs Stunden veranschlagt. Ich habe gelernt, dass das auf Kreta keine fürsorgliche Übertreibung für fußlahme Touristen ist, sondern die reine Wahrheit und nichts als die Wahrheit. Stellen wir also das Auto auf dem oberen Parkplatz ab, dann muss es am nächsten Tag jemand abholen, denn am unteren Zielpunkt gibt es keine Straße – demzufolge auch kein Taxi-Shuttle wie in anderen Schluchten auf der Insel. Nur das Schiff legt einmal am Tag dort ab, um siebzehn Uhr dreißig, das sollte man schaffen. Wir wollten aber außerdem auch nicht in jene Menschenströme hinein geraten, die sich da Tag für Tag hindurch wälzen oder auf den Rücken der Mulis bergab geschleppt werden. Wir wollten vor ihnen allen da sein, wennschon; und morgens macht die Schlucht – die Gorge, um griechisch zu bleiben – um halb acht auf. Dann kann der erste das Fünf-Euro-Ticket lösen – und los geht's. Einerseits so zeitig schon erscheinen, andererseits auf die recht späte Fähre angewiesen zu sein, das bereitete uns einiges an Kopfzerbrechen. Außerdem war der Wetterbericht zu studieren. Wer die

Wahl hat, so wie wir zwei, der muss ja nicht bei Regen wandern. Es grüßt die Erinnerung an den Juchtas, möge es ihm wohl ergehen.

Die Finanzbeamten in uns beiden – nein, nicht nur in mir -, rechneten auch mit und erschienen uns im Außen in der Gestalt eines ratlosen Engländers vor der Tourismuszentrale in Paläochora: „Five Euros fort the entry – twice! For my wife and me. Seventeen for the bus – twice. Thirty five for the ship. And than you eat and drink something... At the end: One hundred Euros – FOR A WALK!!! No. Not for me!", der Mann sah nicht so aus, als würde er sich dafür entscheiden. Zumal er nur bis Samstag Zeit hatte, und Samstag sollte es regnen.

Was aber taten wir? Wir, mit aller Zeit der Welt und einem Auto und begrenzter Reisekasse? Insgeheim bat ich die Mächte um Führung. Marlene konnte ich nicht fragen. Sie hatte zwar auch „die Samaria gemacht", wie man im Touristenslang so sagt; aber sie wohnte in einem Hotel und ließ sich – wie die meisten aller Wandersleute – mit dem speziell dafür vorgesehenen Bus hin- und zurück fahren. Die Doppeldecker warten zuverlässig an den Anlegestellen der Fähren und nehmen die manchmal humpelnden, müden Gesellen auf, die Lady Samaria an ihrem Ausgang wieder entlässt. Diese seltsame Schar hatten wir schon einige Male am Hafen von Chora Sfakion betrachtet, wie sie aus dem Bauch, von den Decks des Schiffes strömten, taumelten, sich gebückt nur noch mit Mühe auf den Beinen halten könnend. Es ist mir ein bleibendes Bild. Genüsslich durch einen bunten Plastikhalm den frisch gepressten Orangensaft einsaugend, der farblich mit der Sonne zu wetteifern und sie in dickflüssiger Form auch zu enthalten schien, sah ich vor mir eine Völkerwanderung wie in ein gelobtes Land. Diese Leute waren staubbedeckt, sie trugen Flipflops an den Füßen oder Birkenstocks, jedenfalls fußbequeme Latschen, während sie in ihren Händen oder baumelnd am Rucksack ihre irgendwie erbärmlich wirkenden Wanderschuhe mit sich führten. Ja, jeder einzelne Schnürstiefel schien Schmerzen zu leiden und hätte sicherlich laut geschrien, wäre er nicht ein Gegenstand ohne Stimme gewesen.

Durch diesen Anblick war über die Jahre mein Respekt vor Samaria ins schier Unermessliche gewachsen. Einige Gorges hatte ich schon in den Beinen; diese schien mir wie die Königsklasse zu sein, ehrfurchtgebietend wie der Mount Everest im Himalaya. Was würde wohl Luis Trenker dazu sagen?

Okay. Nicht länger will ich meine Leser mit der Vorrede langweilen. Es ist, glaube ich, klar geworden, warum speziell ich mir die Sache so schwer und so kompliziert machte. Aber irgendwann legten wir doch den Tag fest und die Uhrzeit, auf die wir den Wecker stellen wollten. Eine Zeit, die ich sonst nicht kenne, auf die ich mich aber durchaus schon mit mir einigen konnte, zum Beispiel, wenn wir in ein fernes Land geflogen sind. Den Linienbusfahrplan hatten wir auch bereits in Augenschein genommen; damit mein Schatz am Tag DANACH das Auto vom Parkplatz in Omalos abholen konnte. Falls es einen Tag DANACH für uns geben würde, angesichts der Gefahr. Nun hatten wir die zu organisierenden Umstände jedenfalls fürs Erste aus dem Kopf und genossen die Spanne an Lebenszeit, die uns jetzt noch blieb. Auch von Anidri fort führt eine ansehnliche Gorge hinunter zum Meer; vielleicht, dass wir die als Training nutzen konnten, das gute Essen aus der Alten Schule in den trägen Bäuchen.

Eine Frauengruppe, die sich, auffällig gekleidet in Walle-Walle-Gewänder, zum Raki niederließ, warnte uns: Da gebe es eine heikle Stelle in der Schlucht, einen Felsen, von dem man sich halsbrecherisch abseilen musste. Es existiere aber auch ein Weglein ringsherum, zwinkerten sie mir zu. Wer sich nicht traue, müsse nicht unbedingt die Hangelpartie wählen.

In einem anderen Leben, zu einer anderen Zeit, hätte ich mich sicherlich zu diesen Weibern gesellt und den Liebsten sich selbst überlassen, hangelnd oder nicht. Die Frauen sahen mich so an, als wüssten sie das auch; als verstünden sie, ehrlich gesagt, nicht so ganz, wieso ich mir kein Glas holte, esoterische Gesänge anstimmte oder ebensolche Reden schwänge und den Kerl an meiner Seite zum Teufel schickte. Ladies – ja doch, ja! So war ich, ihr könnt es in einem Schattenriss um mich her noch erspähen. Und so bin ich nicht mehr.

Auf euer Wohl, von Herzen. Aber mein Platz ist heute hier, an seiner und auf der gänzlich anderen Seite. So empfahlen wir uns; ein Hauch des Schnapsaromas wehte mich noch an und ich neidete es ihnen nicht, so wahr mir Gott helfe. Und sah ich nicht beim letzten Blick zurück Marlene lächelnd mitten unter ihnen sitzen?

Und die steile Stelle war gar nicht so schlimm wie angekündigt. Und ich lief trotzdem den Pfad ringsherum. Sicher ist sicher.

Kurz vor dem Ortseingang Anidri liegt am Hang ein Anwesen, das ein spirituelles Seminarzentrum ist. Da kamen die Damen wohl her, sagte mir mein tief sitzendes Klischeedenken. Wie gesagt. Zu einer anderen Zeit, in einem anderen Leben.

Nun jedenfalls kicherten wir uns eins, verpassten einander Namen, die mit „Shambala" begannen, flogen leichtfüßig durch die Anidri Gorge, während die Mahlzeit sich auf diese Weise rasch dorthin verteilte, wo sie eben hin musste. Nach etwa einer Stunde unten angekommen, sprangen wir am Galiskiari Beach nackt ins Meer. Der Mensch braucht weiter nichts; da sehe ich auch meinen Freund Alexis Sorbas nicken und alles das tanzen, wofür er keine Worte findet.

Auf dem Rückweg nach „Pale" (üblicher Kosename für Paläochora) ließen wir uns von der Abendsonne trocknen, immer an der Küste entlang, und bestaunten die Skulpturen, die dort an der Böschung aufgereiht stehen. Ein menschlicher Künstler hätte sie nicht feiner modellieren können. Frauen, Männer, Tierfiguren, die dort sitzen, sehr still und geduldig, und zum Horizont hin schauen. Betrachtet man sie, fallen einem Märchen ein, in denen Menschen, Lebewesen zu irgendeiner Strafe von einem bösen Zauberer in Stein verwandelt wurden, bis einmal jemand kommt und sie wach küsst, ins Leben zurück. Ich habe nicht geküsst, nur fotografiert. Das hat nicht gereicht, sie alle zu erwecken. (Geküsst habe ich dann doch; bloß eben keine Steinskulptur, sondern meinen Shambala-Sorbas aus Fleisch und Blut. War besser! War gut! Im Leben zurück und nie wirklich daraus fort gewesen, zum Glück. Keine sichtbare Verwandlung, schon gar nicht in etwas Totes, Kaltes. Zum noch größeren Glück!)

***

Okay. Also Samaria. Die Schlucht. Da liegt sie in den ersten Strahlen der Morgensonne, und für wenige Minuten ist es noch kalt. Das einzige Mal an diesem Tag wickele ich mich in meine gelbe Regenjacke und in meinen Schal. Nur wenige Schritte werde ich brauchen auf dem Weg die vielen Treppenstufen hinab bis auf den Grund von Samaria, dann sind die warmen Sachen überflüssig. Ballast. Etwa eintausendzweihundert Meter Höhenunterschied überwindet man nicht, ohne zu heizen, sogar bergab. Für den ganzen Rest unseres Wandertages bleibt die Gelbe wie ein Gürtel um meine Taille geschlungen, das Kuschel- und Balancetuch in meiner rechten Hand. Später, viel, viel später, werde ich seinen weichen Trost noch verdammt nötig haben! Aber das weiß ich am Anfang des Weges noch nicht. Zum Glück auch! Wer weiß, vielleicht hätte ich sonst den Mut verloren. Aber so habe ich jede Menge davon, immer nur achtend auf meinen nächsten Schritt und mich hinein atmend in diese prachtvolle Natur. Will kein Essen, nur Schlucke Wasser trinken, ab und zu. Und ich schwebe förmlich über die Steine, leichtfüßig wie ein Reh werde ich eins mit den summenden Bäumen, den steilen Felswänden, den duftenden grünen und violetten Pflanzen ringsum. Muss ich betonen, wie schön es hier ist? Nur die Hälfte des Jahres öffnen sie diese Gorge für Besucher. Den Rest der Zeit – von November bis März – liegt sie in tiefem Schlaf oder jedenfalls in jener Stille, die wir Menschen für einen Schlaf halten. Es wird ja trotzdem Leben darin sein; geheime Rhythmen werden ablaufen, und die Touristenscharen werden den Wesen, die dann hier zu Hause sind, nicht fehlen. Ich stelle mir vor, wie es sein muss, in der Samaria-Schlucht zu überwintern. Auf halber Strecke gibt es ja dieses uralte verlassene Dorf gleichen Namens, in dem die Bewohner ein raues, hartes Dasein gefristet haben müssen. Aber wie so oft auf Kreta ist auch dort im allertiefsten Schluchtenwald das Kirchlein das schönste und liebevoll erhaltenste Gebäude. Weiß schmiegt sich seine Kuppel an den

Fels; und ich meine jeden Moment den Popen heraustreten zu sehen in seinen typischen schwarzen Gewändern und einen jener Gesänge anstimmen, die für mich so orientalisch klingen wie die vom Muezzin aus dem Turm der Koutubia in Marrakesch. Ich verstehe die Worte nicht, aber ich verstehe die Intention. Wo den Menschen am deutlichsten bewusst ist, dass sie machtlos vor dem Wirken einer größeren Kraft stehen, da sind sie am ehesten bereit, sich dem Göttlichen zuzuwenden, anzuvertrauen. Um Hilfe zu bitten und ihre Knie zu beugen.

Das hätte ich auch nicht in Erwägung gezogen, so lange ich noch glaubte, alles ganz allein zu schaffen. Das verlassene Gotteshäuslein in Samaria erinnert mich an meinen eigenen Punkt der Kapitulation. Und als ob es den nur ein einziges Mal durchzustehen, zu durchlaufen gäbe in einem Erdenleben!

Wir sind gut am Start und den nachrückenden Buskolonnen schon entflohen. Tatsächlich dürfen wir die Kühle der Wälder, die verwunschenen Flussläufe, die ehrfurchtgebietenden Steilhänge, die unseren Weg einrahmen, ohne zu erdrücken über weite Strecken ganz allein zu zweit genießen. Das frühe, frühe Aufstehen hat sich gelohnt.

Nirgendwo klingen die Vogelstimmen so klar wie schallend zwischen diesen natürlichen Akustikstudiowänden. Solche zarten, komplizierten Melodien! Dieser Hall. Ich möchte stehenbleiben und nur lauschen. Vielleicht, dass sie mich dann verzaubern wollen, becircen wie die Sirenen den Odysseus, und dann erstarre auch ich zur Säule wie die Steinfiguren am Strand, muss am Ende doch hier überwintern. Wer würde mich dann vermissen? Wem würde ich fehlen – vorausgesetzt, der Liebste bliebe mit mir hier...

Meiner Enkelin vielleicht, denn eine Oma ist wirklich unverzichtbar, wie ich aus eigener selbstgemachter Erfahrung weiß. Die Kleine ist noch frisch auf der Welt, sie kennt mich im Grunde noch gar nicht. Aber es kann ja sein, dass sie mich braucht eines Tages, und darum darf ich mich nicht von diesen herrlichen Vogelstimmen paralysieren lassen; ich muss weitergehen, immer weiter – und die Mittagssonne brennt mir schon aufs Haupt. Unsere Mützen haben wir verloren; sie müssen in der anfänglichen Eile – um den anderen Wanderern zuvor zu kommen – aus der Rucksackaußentasche gerutscht sein. So ist das! Hast und Ungeduld führen fast immer zu Verlusten. Da kann man noch froh sein, wenn es sich bloß um zwei beige Baumwollkappen handelt, die wir jederzeit in den Souvenirshops von *Pale* nachkaufen können. Yo. Yo, Man! Und Samaria spendet zum Glück auch so viel Schatten, dass wir keine schlimmeren Malessen als vielleicht eine leichte Scheitelrötung werden befürchten müssen.

Ich weiß nicht, wie diese blühenden Büsche und exotisch duftenden Pflanzen alle heißen. Thymian. Salbei. Oleander. Ein Gang wie durch den Zauberwald aus dem russischen Märchen. „Aljoscha!", wird gleich jemand klagend rufen. Und auf ihrem Hühnerbeinchen wird sich die Hütte drehen, aus der die Hexe Baba Yaga schaut und grantig ist – jedenfalls so, wie sie will. Die verschollene Oma von Pipi Langstrumpf. Eine so ungezähmt wie die andere. Aber sie zeigt sich nicht. Nur die Baba Yaga in mir, die hebt ihren Kopf und schnüffelt, wittert Morgenluft. Ist es nicht erst kurz nach Zwölf – und noch mehr als fünf Stunden, bis das einzige Fährschiff in Agia Roumeli ablegt? Ich schaue den Sorbas an – und meine, in seinen Augen denselben Gedanken zu sehen, der mich gerade umtreibt. Und wenn wir nun... Kann man das wagen? Eine kühne Idee arbeitet sich durch mich hindurch, vom rötlichen Scheitel durch das Hirn bis zu den Lippen – und schon ist sie zum Mund hinaus: „Und wenn wir nun...", sagen wir zwei unisono.

Kurz picknicken am Ende von Samaria – und dann den Weg zurück wandern, den ganzen, wundervollen, ebenen, zuletzt steilen. Zeit wäre noch mehr als genug. Kraft und Lust auch. Selbst der Tavernenwirt, bei dem wir doppelten Espresso erstehen, nickt: „Yes, it´s possible. And it´s a good time to go back." Also ist es möglich. Also hat es schon mal jemand getan. Also kann man es durchaus überleben. Und die Auto-Logistik-Frage wäre damit ebenfalls geklärt. Ein verlockender Gedanke für ein auf Effektivität trainiertes Hirn wie meines. Der innere Finanzbeamte stimmt auch zu.

Nach wenigen Minuten steht unser Entschluss fest. Wir werden die Schlucht wieder zurück gehen. So viele Kalorien wie möglich speichern wir ein, mittels Brotproviant, Schokolade, Bananen, Keksen; dazu das gute Koffein. Die Kondition ist da, geübte Läufer, die wir sind; auch alltags in Berlin. Wie gesagt. Es kommt mir vor, als hätte ich diesen Fakt bereits erwähnt, und nicht nur einmal. Also noch einmal sechzehn Kilometer, am Schluss das steilste Stück, aber die Sonne scheint, und der Tag ist noch jung. Am Anfang unserer Rücktour werden wir von entgegen laufenden Wandergruppen, Familien wie durchgereicht. Oft müssen wir anhalten, um jemandem den Vortritt zu lassen. Ich ergreife eine Hand, ein Händchen, damit jemand über die Steine in einem Flusslauf balancieren kann. Unvergessen ist mir jene Frau, die auf hochhackigem Blockabsatz versucht, voranzukommen. Später trägt sie ihre monströsen

Schuhe in den Händen und watet barfuss durchs Gewässer. Ich bin direkt erleichtert, als ich sie umkehren sehe. Habe keinen Sanitätskoffer dabei.

Jedenfalls, die Energie dieser vielen Menschen trägt mich voran. Dann wird das Entgegenströmen langsam dünner, die Schlusslichter der Gesellschaften tauchen auf. Mit ihnen die Bedauernswerten, die auf den Rücken der Mulis zu Tal getragen werden müssen; abgekämpft, Scham im Gesicht, das genervte Augenrollen ihrer Kameraden im Nacken. Sie alle wollen – ja, müssen – das Siebzehn-Uhr-dreißig-Schiff erreichen, schon darum darf niemand zurückgelassen werden. Ab fünfzehn Uhr lassen sie keinen Menschen mehr in die Schlucht; am Ende kontrollieren die Wächter anhand der Eintrittskarten, ob auch alle raus sind. Wollte ich hier überwintern, ich müsste mir echt etwas einfallen lassen! Aber will ich ja nicht. Das hatten wir schon. Baba Yaga muss ohne mich auskommen.

Es kommt der Moment, da laufe ich wieder allein; allein zu zweit. Alle Truppen haben wir passiert, oder sie uns. Ein tschechisches Liebespärchen rastet am Wegesrand, ganz in der Nähe der Wasserstellen, an denen man seine Trinkflaschen nachfüllen kann. Anerkennend nicken sie, die junge Frau, der junge Mann, als sie hören, dass wir „up and down" gehen beziehungsweise „down and up" – anstatt bloß die eine Strecke und dann gut. Ich nehme mir das Lob und mache inwendig auf alchimistische Weise frische Kraft daraus.

Dann lassen wir die beiden zurück, und ich frage mich noch, ob sie vielleicht hier überwintern oder wenigstens übernachten wollen. Wer sollte das wie überwachen - geschweige denn, zu verhindern wissen?

Und dann sind wir endgültig von Menschen ungestört in dieser den Sommertag ausatmenden Natur. Allein.

Eins mit allem. Genau. Wie der erste Mensch am ersten Schöpfungstag. Es müsste paradiesisch sein, und das ist es auch. Jedenfalls eigentlich. Ich nehme es noch wahr.

Wann habe ich bemerkt, dass meine Kräfte nachlassen?

Wann habe ich es mir eingestanden?

Ich habe keine Ahnung. Ich weiß nur, dass ich irgendwann diese Steinplatten nicht mehr sehen konnte. Dass ich ihnen zurief, sie mögen endlich verschwinden. Oder sich wenigstens einebnen vor meinen schmerzenden Füßen und nicht so irrsinnig steil ansteigen, verdammt noch mal! Aber sie reagierten nicht. Stumm blieben sie, wo sie waren und genau in diesem Fünfundvierzig-Grad-Winkel nach oben. Oh, so nach oben!! Die Bergziege mit ihren geraden Hörnern, über die sich alle so freuen, weil sie längst ausgestorben schien und nun auf einmal wieder da ist; sie schaute mich ernst an. Na, Mädel, sagte sie ohne Worte, hast du dir doch zuviel zugemutet? Es schien so. Kri-Kri (wie die Kreter das Tier liebevoll nennen) konnte ich nichts vormachen. Ihr gegenüber versagte mein Trotz, mit dem ich mich Luis Trenker gegenüber noch so stolz am Juchtas behauptet hatte. Sie sah ja auch, was los war – beziehungsweise eben nicht mehr los war mit mir. Mit jedem Schritt wurde mir nun übel; meine trainierten Beinchen verweigerten ihren Dienst. Ich schnaufte hörbar und dachte an die Liebe, die doch angeblich alles schafft; wahlweise an mein Testament, das ich ja noch lange nicht verfasst hatte. Nun ging es nur noch um den nächsten EINEN Schritt – und wieder einen – und danach den nächsten. Der liebste Sorbas schien fit wie am Morgen; erst am nächsten Morgen zeigte er mir die dicken Blasen an seinen Füßen. Er hat nicht gejammert, trug den Rucksack und entnahm ihm von Zeit zu Zeit

Wasser, Cola, die er mir schlückchenweise einflößte. Mit allen ihm zur Verfügung stehenden Mitteln suchte er mich zu motivieren, Dass er mich von hinten mit der flachen Hand anschiebt, ließ ich aber denn doch nicht zu.

Was geschieht, wenn ich gänzlich über meine Grenzen gehe?, dachte ich – und wusste keine Antwort. Der Geist bestimmt den Körper. Ja, mag sein; aber hat nicht auch der Körper sein Maß, das ich ungestraft nicht überdehnen darf? So eine Erfahrung, dass ich wirklich nicht mehr kann – noch dazu laufen, auf meinen eigenen Beinen stehen - die ist interessant für mich, die mache ich nicht oft.

Kapitulation.

So stellt sich die Haltung der Demut von selbst ein.

Kurz vor sechs an diesem Abend tat ich unendlich langsam den letzten Schritt über die letzte Stufe am Einstieg in die Schlucht und vergaß glatt, nach unseren verlorenen Mützen zu fragen; ob sie am Entree vielleicht jemand abgegeben hatte.

Später – als wir wieder denken konnten – stellten wir uns sie, die zwei Kappen, auf zwei Kinderköpfen vor und hatten sie damit gern gespendet. Natürlich erstanden wir Ersatz und zwar gleich in doppelter Garnitur; nur für den Fall.

Die Blasen sprangen auf und heilten. Der Muskelkater in meinen Waden verschwand nach der nächsten Wanderung am übernächsten Tag. Was bleibt, ist die Erinnerung, die schon nach Wiederholung lechzt. Im Ernst: Ich würde es wieder tun, vielleicht im nächsten Jahr, aber immer mit ihm und mit keinem anderen. Es geht eigentlich nicht, dass zwei zusammen wandern, vor allem auch durch heikle Strecken und bei Kräfteschwund. Dass es doch geht – zumal so wie mit uns -, das lässt mich aufmerken, das weckt meine Sorgfalt und all mein Glück. Ich konnte dies ja nicht alles allein machen. Ich habe es auch als Geschenk bekommen, als Möglichkeit. Und darum passe ich gut darauf auf.

So gut, wie ich es eben verstehen kann.

Immer nur für Heute.

***

Manchmal denke ich, dass ich nur deshalb so viel zu Fuß laufe, um anschließend guten Gewissens zu sitzen. Ich sitze gerne still. Und es muss gar nichts Aufregendes um mich herum passieren, damit das so ist, damit ich es aushalte. Nein! Von Hause aus – schon, als ich hier auf Erden ankam -, gehört es zu mir: Ich sitze gern und schaue und bin mir selbst genug. Nur, dass daran irgendetwas nicht in Ordnung sein soll, hat mich aufstehen lassen, umher rennen wie alle. Aber wozu, frage ich mich heute. Es ist nicht zu verändern gewesen, was ich von Anfang an mitbrachte; und hier sitze ich also, frohlocke. Nach all dem Stress habe ich wieder zu mir zurück gefunden, Gott sei es gepfiffen und getrommelt. Auch an dem Tag nach Samaria saß ich – Füße hoch – auf unserer Terrasse und lernte von den Katzen. *Miau!*

Wir räkelten uns um die Wette und dösten einäugig vor uns hin, in den seltsamsten Verrenkungen unserer Glieder. Ab und zu schleckten wir aus Schälchen, was der Sorbas uns eben hinstellte; dann gähnten wir, dehnten wir ein Bein, fächelten uns mit den Schwänzen Luft zu und genossen die frische Brise vom nahen Meer. Ach! Ich hatte wirklich nicht länger das Bedürfnis, zu zergliedern. Die Analyse blieb mir im Halse stecken, wo das Bild so vollkommen war. „Wir haben Samaria gemacht", sagte der Liebste von ferne.

„Nun ist das aus´m Kopp. Jetzt kann der Urlaub beginnen."
Yo, Man.
Für weitere Zustimmung zu träge, leckte ich mir die Barthaare, wechselte die Position und begann leise zu schnurren...
Das war genug für diesen Tag. Mehr als genug.

***

Wir wollen an den Strand von Elafonisi fahren; dorthin, wo es so karibisch anmutet auf Kreta, und wo wir vor einem Jahr unser JA-Wort nach zehn Jahren Ehe erneuert haben, feierlich vor der überwältigenden Kulisse rauer Natur. Wir sind gut am Start heute; an den allermeisten Morgen muddeln wir viel länger herum – wenn wir nicht gerade zur Samaria Schlucht wollen; „Samaria machen", you know. Also, ich packe mein Badezeug zusammen, eine Jeans für den kühleren Abend dazu – und dann bitte ich Sorbas um den Autoschlüssel. Schon mal die ersten Sachen im Kofferraum verstauen. Yo!

Später habe ich versucht – und das muss ich zu meiner Schande gestehen -, dem Herzallerliebsten alles in die Schuhe zu schieben: Bloß, weil er immer so viel einkauft, in meinen Augen viel zuviel und nun auch noch einen großen Sack Hundefutter, einen sehr, sehr großen Sack, in Anbetracht der Tatsache, dass wir bloß Katzen auf der Terrasse haben, keinen eigenen Terrier, und dass ich doch mehr als nur gewillt bin, meine Angst vor den Kettenkläffern beim Wandern so rasch es mir irgend möglich ist, zu überwinden.

Ich sehe also diesen gigantischen Sack Hundefutter im Kofferraum – nachdem ich vorhin schon einen nagelneuen Fön im Badezimmer erblicken musste, den ich ebenso unnötig finde wie einen Kropf, aber als Zeichen seiner Liebe verstanden habe, denn nur einmal und dann nie wieder sollte ich mit feuchtem Gefieder ins Bett gehen müssen. Je nun. Ich hatte meine schon fertig im Kopf formulierte Kritik an der unsere Reisekasse schmälernden Investition hinunter geschluckt und alles tapfer hingenommen; noch nicht freudig, aber doch – immerhin! Meine mühsam errungene Gelassenheit fällt jedoch jäh in sich zusammen, als ich des Hundefutters ansichtig werde. Etwas in mir reißt und pumpt; ich hole Luft wie zum Anlauf für einen Sprung und werde ihm, dem vermeintlichen Verursacher meiner Aufwallung, sogleich ein paar Takte erzählen. Rasch werfe ich die Sachen neben den Papiersack in den Kofferraum – und mit aller meiner gestauten Energie den Deckel zu.

„Nein!", ist das erste Wort, das ich danach laut sage.

Nein, sagte ich dann, falls ich mich recht erinnere, und ich sagte es nicht wegen der nahrhaften Pellets für die Tiere, nicht wegen des Föns für mein Gefieder.

Nein. Weiß Gott.

Ich sagte es, weil ich mit den gerade zu Ende gegangenen letzten Sekunden in meinem Lebensfilm so ganz und gar nicht einverstanden war; weil ich diesen Streifen – hätte ich es zu tun vermocht – gern umgehend ein Stück zurück gespult und das Band neu bespielt hätte. Mit allem, allem, meinetwegen auch mit einem Streit zwischen zwei Liebenden, bloß nicht mit dem, was bereits darauf recorded war, auf diesem Stückchen Film meiner Lebensgeschichte: Dass nämlich nun tatsächlich alles zusammen sicher verwahrt war in dem Kofferraum des grauen Fiat Panda; der Sack, mein Bikini und auch die Jeans. Nur leider eben auch der

Autoschlüssel, und zwar das einzige Exemplar seiner Art, das die Mietwagenfirma in Heraklion uns überlassen hatte – zu treuen Händen. Heraklion war weit fort, ich schätze mal, cirka zweihundert Kilometer.

Im ersten Moment nach der Tat suchte ich noch das Gras ab rings um unseren Parkplatz, in der wahnhaften Hoffnung, den Schlüssel vielleicht dort zu finden; vielleicht, dass ich ihn doch nicht zwischen Futter und Badesachen, sondern dass ich ihn ordentlich auf dem Boden abgelegt hätte, unterbewusst – oder dass er mir wenigsten freundlich entglitten sei. Aber nein. Nichts! Gleichgültig blickte mich jeder einzelne Grashalm an, schüttelten die Rosen ihre schönen Köpfe. Diese Hoffnung zerstob; und der Mann meines Lebens erschien, weil er mein „Nein" gehört hatte, das ich laut ins Universum geschmettert hatte. Nicht laut genug, offensichtlich. Denn sonst hätte mich doch DA OBEN jemand erhören müssen, oder etwa nicht?!!...

Ich sage mal so: Im Osten hatten wir Autos, die ließen sich mit Manneskraft und kleinen Tricks, die von Generation zu Generation, vom Vater zum Sohn heimlich weitergegeben wurden, selbständig öffnen. Dies ist Vergangenheit. Die DDR gibt es nicht mehr und ebenso wenig solche Autos. Der Fiat war hermetisch verriegelt, kein Ritzlein ließ die Drähte ein, mit denen mein Schatz seine ersten zaghaften Versuche startete. Vergessen war mein Groll wegen gewisser Einkäufe. Und gern hätte ich gleich hier und jetzt meine diesbezügliche Lektion ein für alle Male gelernt. Wie bescheiden einen doch ein gravierender eigener Fehler macht. Vorübergehend.

Sorbas jedenfalls, in der Gestalt meines Gefährten, brachte es fertig, nicht ein böses Wort zu mir zu sagen oder Vorwurf auch nur in allergeringster Ausprägung zu formulieren. Nein. Von Anfang an – und ich nehme an dieser Stelle mal vorweg, dass dies uns die nächsten drei Urlaubsstunden über beschäftigen sollte – war er lieb zu mir wie immer, sagte Sachen wie: „Das kann jedem passieren. Komm, wir sind gesund. Zum Glück hatten wir keinen Unfall." Und suchte weiter nach einer Lösung, die auch ihm nicht einfallen wollte.

Ich hörte seine Botschaften wohl, stimmte ihnen irgendwo mit meiner mir innewohnenden Vernunft auch zu, und war trotzdem untröstlich. Immer wieder striegelte ich das Gras – vielleicht geschah ja doch noch ein Wunder -, erbat Fiat-Schlüssel von anderen Urlaubern. Vielleicht, dass das Wunder auf diese Art geschah. Aber so nicht. Es geschah! Aber ganz anders, als ich es hätte in die Wege leiten können.

Die kretischen Gastgeber wurden langsam aufmerksam. Plötzlich lag ein Arm um meine Schultern. Eine Frau, die sonst sehr distanziert war; uns auf wohltuende Weise in Ruhe ließ, und in der ich die Mutter der jungen Frau Nannini vermutete, war jetzt neben mir, drückte mich sanft herunter zum Sitzen, nahm an meiner Seite Platz. In gebrochenem Englisch erzählte sie mir, ihr sei so etwas vor zwei Jahren auch geschehen, sie kenne das. Es sei, wie es sei, und sie telefoniere. Sie achtete darauf, dass wir Sonnenhüte aufsetzten, um nicht am Ende noch hitzekrank zu werden bei diesen dreißig Grad im Schatten. Das brachte mich auf eine Idee. Während ich aufsprang und die Kopfbedeckungen aus dem Bungalow holte, streifte ich mein Kleid ab, warf mich in meinen gepunkteten Zweitbikini. Ja – das ist die pragmatische Ader in mir: Wenn dieses Unglück nun schon einmal geschehen und nicht mehr zu ändern war für den Moment, dann wollte ich wenigstens noch etwas Gutes aus der Situation herausholen und mitten in all meinem Weltschmerz – braun werden.

Jemand hielt uns einen Schuhkarton mit bestimmt hundert verschiedenen Schlüsseln hin, von denen keiner passte, einige aber interessant aussahen, wie die Öffner zu uralten Zaubertruhen oder geheimen Gemächern. Immer mehr Männer umstanden den Panda und wiegten ihre schönen griechischen Häupter. Die junge Frau Nannini wurde übers Smartphone kontaktiert, während sie gerade mitten in einem Banktermin in Athen saß. Schließlich hieß es: Um achtzehn Uhr würde jemand kommen und sein Glück versuchen. Durch mein Hirn schwirrten inzwischen Begriffe wie: Wahnsinnskosten (wie bei einem Berliner Notschlüsseldienst mitten in der Nacht). Bestrafung von der Firma, die diese Autos vermietet; vielleicht – wahrscheinlich sogar! – Gefängnis. Ich sah unseren Rückflug nach Hause gefährdet, den restlichen Urlaub sowieso; wir würden Berlin nie wiedersehen und hinter einheimischen Gittern vermodern. Ganz sicher! Wir sprachen schon über die eingeimpften Bilder in meinem Kopf.

Als die Drama Queen außer Kontrolle zu geraten drohte, geschah das erwähnte Wunder.

Da erschien ER.

Es muss eine Inkarnation des leibhaftigen Zeus gewesen sein. Gott durch Menschen.

Ich bin erst spät im Leben darauf gestoßen worden, dass es so funktioniert. Lange habe ich überlegt, wie ich diesen Mann beschreiben soll. Wie viele Generationen eines stolzen Volkes formen ein solches Gesicht? Und was ist alles nötig, damit ein Mann es sich bewahrt; nicht von den Zwängen einer Ära einebnen oder vor der Zeit verwelken lässt... ???

Der Braungebrannte in seinem Blaumann mit Werkzeugkiste in der Rechten jedenfalls wirkt auf mich gütig und streng zugleich. Die Situation ist keine Tragödie für ihn, so wie für mich zum Beispiel. Er nähert sich dem Ort des Geschehens eher wie einem Abenteuer: Neugierig, ein wenig belustigt sogar – und auf jeden Fall voller kaum gezügelter Vorfreude darauf, sein meisterliches Können ein weiteres Mal unter Beweis stellen zu dürfen. Mit einer Handbewegung wischt er die Vorschläge meines Gefährten beiseite; er braucht keinen Rat, schon gar keinen unprofessionellen. Er scheint ein wenig in andere Sphären zu lauschen, während er den Panda umrundet, einmal, zweimal, „Hm Hm" macht und kaum merklich beginnt zu nicken. In mir keimt Hoffnung – nicht zu unrecht, wie sich etwa sieben Minuten später herausstellen sollte.

Liebe Leser, an dieser Stelle angelangt, empfinde ich mich in einer Zwickmühle: Darf ich denn als Autorin eine Methode, ein Auto zu knacken, schriftlich weitergeben, oder habe ich da eine gewisse Sorgfaltspflicht? Wo beginnt und wo endet sie, die künstlerische Freiheit? Vor dieser Frage stehe ich - weiß Gott und dieser hilfreiche Grieche - nicht zum ersten Mal; aber so wie jetzt auch noch niemals zuvor, ich schwöre! Also, wie machen wir das? Ich denke an eine Stelle im berühmten Buch meines großen Kollegen Nikos, wo er ganz klar sagt, er müsste hier eigentlich die Abläufe in einer Kohlenmine beschreiben, aber dazu brauche man Geduld, und die habe er nicht. Er lässt das einfach so stehen, und ich musste diese Textstelle mehrmals lesen, um meinen Augen trauen; dies glauben zu können; glauben und am Ende gut finden. Und so fühle ich mich ermutigt, es hiermit ähnlich zu handhaben. Der stolze Mann wusste, wie, er bekam mittels einer einfachen, schonenden Technik unser Mietauto auf, machte nicht das Geringste kaputt dabei, verlangte ein lächerliches Entgelt dafür, nahm huldvoll meine überschwänglichen Umarmungen, Küsse und zwei Aprikosen aus unserem Obstkorb entgegen. Vor den Augen der lachenden, Beifall klatschenden Einheimischen - die danach wieder auf den hier üblichen freundlichen Abstand gingen – führte ich ein kleines Sorbas'sches Freudentänzchen auf. Mein Herzallerliebster sagte nicht, dass er den Zündschlüssel, unseren einzigen, nun einziehe und mir nie wieder übergeben werde, im ganzen noch übrigen Urlaub nicht. Nein, das sagte er nicht. Ganz im Gegenteil!

Erneut landete ich in seinen Armen; er reichte mir das Bund und schlug vor: „Nun aber ab nach Elafonisi, oder was meinst du?"

Für ein solches Lachen aus seinen Augen muss ich gar nichts tun, das bekomme ich einfach so. Gratis und ohne Bedingung.

Am nächsten Morgen – das will ich vorausschicken – braust die junge Frau Nannini auf den Hof, während ich, wie immer, auf der Terrasse überm Tagebuch sitze. Die Chefin parkt schwungvoll ein, wo es keine Enge gibt, nur weiten Raum. Sie steigt aus in eleganten hellen Shorts und einem asymmetrisch geschnittenen weißen Blüschen darüber, ganz selbstbewusste Geschäftsfrau im Dienst. Sie schaut zu mir herüber, schmunzelt, ruft mit ihrer herrlich dunklen Stimme: „Kalimera!" Guten Morgen. Und fügt dann hinzu: „Here is my car. If you need one ..." Ein Scherz. Ein Blick. Eine verwegene Drehung eines siebenundzwanzigjährigen weiblichen Körpers, ein knappes Winken einer schmalen Hand.

Ich weiß nicht genau, warum; aber das ist der Augenblick, in dem ich sie zu lieben beginne, unsere Gastgeberin, lieben wie mein eigenes jüngeres Selbst.

Natürlich brauchten wir es nicht anzunehmen, ihr Angebot; das mit dem Autoschlüssel ist kein zweites Mal passiert. (Mein Kontrollwahnsinn hat allerdings ein wenig zugenommen durch die Sache! Sie wissen schon: Dieses Abfragen vor jedem Ausflug. „Hast du auch alles? Schlüssel, Handy, Portemonnaie…")

Die Liebe aber blieb. Mein Herz wuchs.

***

Ich war noch ein wenig betäubt vom Geschehen; nur so kann ich es mir erklären, dass ich zuließ, eine Abkürzung über die Berge zu nehmen, die erstens keine war und zweitens eine Schotterpiste in Serpentinen, die sich steil und schmal kahle sonnenverbrannte Hänge hinauf- und wieder hinunter schlängelten. Es nahm und nahm kein Ende; und als ich endlich aufwachte aus meiner wohltätigen Umnebelung, da befanden wir uns immer noch mittendrin in diesem Gelände, das vielleicht für einen Jeep geeignet war, aber doch nicht für unseren kleinen, heute ohnehin schon genug gebeutelten Fiat Panda. Aber jetzt gab es kein Zurück mehr, the only way out was through. Der einzige Ausweg – für die, die kein Englisch verstehen – war: Hindurch. Immer weiter. Ungeachtet der Tatsache, dass ich bei jedem Stein, über den wir holperten, meinte, die Bodenplatte des Autos brechen zu hören. Hatten wir etwa die Sache mit dem Schlüsseleinschluss gemeistert, nur, um jetzt schnöde am Berg zu verenden, das ins Meer züngelnde Eiland von Elafonisi schon im Blick? Konnte Gott so zynisch sein? Nein, konnte ER nicht, beantwortete ich mir meine ungefragte Frage gleich selbst. Zynismus ist menschlich, nicht göttlich.

Und so übte ich mich weiter stumm im Vertrauen, faltete die Hände und sagte nichts. In jeder Familie sollte es jemanden geben, der die Kunst des reinen Durchgangs nach „Oben" oder wohin auch immer beherrscht. Ich glaube nämlich, dass einer schon reicht. Einer für alle. Wenn es mehrere sind – auch gut. Aber schon einer oder eine, ganz, wie Sie wollen, vermag die Lage zu richten; ein dräuendes Unglück abzuwenden. Davon bin ich überzeugt, und meine diesbezüglichen Tests laufen noch. Schon die bereits vorliegenden Ergebnisse lassen zu einigem Optimismus beflügeln. Wir kamen heil unten an – heil an Leben, Leib, Karosserie; und ich habe überhaupt bis heute überlebt! Wieso steigt an dieser Stelle ein Bild von meiner Oma Clara auf, wie sie mit still gefalteten Fingern neben mir im Moskwitsch sitzt? Wir haben nie über ihre Gebete gesprochen. Ich war auch nicht offen dafür.

Nein, damals nicht.

Heute höre ich Marlene kichern und weiß, dass sie da ist.

Solche Dinge passieren.

Das hat sie mir zugerufen und dabei gelacht.

Solche Dinge passieren – dass sie da ist; aber auch solche wie mein Missgeschick am Auto.

Solche Dinge passieren – hey, was soll´s.

Aber doch nicht mir!, habe ich, ohne zu überlegen, zurück gerufen. Und kam mir, einmal mehr, auf die Schliche. Wieso denn nicht mir? Ausgerechnet mir nicht? Wenn es doch alle treffen kann, jeden einmal, und jeden auf seine Weise. Wofür hielt er sich denn, dieser Teil von mir, der da – ohne nachzudenken – seinen Perfektionsanspruch zu Marlene hin formuliert hatte... Er oder sie will, dass wir es – wenn schon – richtig machen; dass wir uns keinen Fehler erlauben.

Aber warum denn bloß nicht, wo es doch jedem mal passieren kann, vielleicht sogar muss, als Erdling; einfach, damit wir dazulernen können.

Über solche Dinge grübele ich nach, während ich an einem der sicher allerschönsten Orte auf Erden entlang flaniere, barfuss durch festen, kühlen, dann auch wieder lockeren Sand.

„Obacht!", warnt von Zeit zu Zeit der mitflanierende Mann, den ich liebe; oder ich warne ihn. Denn es gibt fiese stecknadelspitze Felssteine unter dem Sand, die an manchen Stellen hervor ragen und nackte Menschenzehen empfindlich attackieren können. Gerade, weil man sich so entspannt in Elafonisi und weit hinaus auf das Meer schaut, staunend, seufzend – und dabei auf den nächstliegenden Tritt nicht achtet.

Elafonisi heißt übersetzt „Hirsch-Insel", obwohl es auf ganz Kreta keine Hirsche gibt, auch hier nicht. Manche vermuten, der Name geht auf die antike Göttin Artemis zurück, die solche Tiere gehalten haben soll. Schwer vorstellbar, dass sich hier, wo ich nun friedlich lustwandele und so viele Leute sonnenwasserbaden, eine ganze lange Geschichte zugetragen hat; von Kampf und Jagd und Blutvergießen und Sklaverei, auch Schiffsunglücken; Kähnen, die an dieser schroffen Küste jäh zerschellten. Deswegen gibt es den Leuchtturm und ein kleines Kirchlein an der Spitze des langgestreckten Eilands, auf einem Hügel. Dort, wo wir zum zweiten JA-Wort inspiriert wurden, wurden einst Leichen aufgebahrt, Opfer beklagt. Es ist wie überall auf dem Planeten: Wo heute Liebe blüht, da gab es dereinst Tod und Krieg. Ich kann nichts daran ändern; ich kann nur meine Entscheidung treffen, so gut ich sie eben verstehe und umzusetzen weiß. Was will ich vermehren kraft meines Beispiels, was nicht. So wahr mir Gott helfe. Na klar doch!

Ist es Zufall, dass auch mir hier schon ein morbider Gedanke kam? Das flatternde Stöffchen, das ich trage und hier auf Kreta erstand, mag ich so gern, dass ich launig den Gefährten informierte: Darin will ich eines Tages – in vielleicht fünfzig Jahren oder so – begraben werden. Warum denke ich so? Wie kam ich darauf? Eine im traditionellen Blockdruckverfahren wunderschön himmelblau bemusterte indische Tunika – das ist doch ein Festgewand und kein Leichenhemd!

Eine der verlorenen Seelen aus dem Wrack, das noch immer auf dem Meeresgrund vor den Klippen von Elafonisi liegen soll, die österreichische *Imperatrix*, mag es mir eingeflüstert haben. Neunzehnhundertsieben ist diese letzte große Katastrophe hier geschehen, vor einhundertneun Jahren. Ist das nicht eine magische Zahl, einhundertneun? Eins steht für Anfang, neun für den Abschluss eines Zyklus, wenn ich den alten Lehren früherer Yogameister Glauben schenken will.

Arme Seele, hast du bis heute keine Ruhe gefunden und irrst verwirrt umher; stürzt dich auf mich leicht Bekleidete und zupfst an meiner feinen Baumwolle aus Rajasthan; gibst mir seltsame Gedanken ein … Gerade bin ich in jenem Kleid noch herumgetanzt, als trüge ich einen Feenumhang. Und nun verkünde ich, dass es mit mir in meinen Sarg einziehen soll. Das geht doch nicht mit rechten Dingen zu!

So leben wir alle mit Ahnungen, Einflüsterungen, Unerklärlichem – ob wir das nun wissen wollen oder nicht. Außerdem – je länger ich darüber nachdenke: Für mich genügt ein einzelner Sarg gar nicht, falls ich nicht nur diesen, sondern alle Schätze mitnehmen will, die ich hier auf Kreta fand. Ich kenne nämlich nicht nur den schönsten Strand der Welt vor Ort, sondern auch den gefährlichsten Laden der Welt – aber wo der sich befindet, das sage ich nicht. Ich habe es ja auch schon verraten, in den beiden Tagebüchern, die dieser dritten Kreta-Reise vorangehen. Man kann diese herrlichen Textilien käuflich erwerben, das wollte ich bloß erwähnt haben. Und so wahr mir die Unsichtbaren helfen; ich habe schon reichlich Gebrauch von dieser Möglichkeit machen dürfen. Ach!

Überall sehe ich die junge Frau Nannini. Ein Rücken. Diese Frisur. Das spitze Ende eines Ponys verdeckt ein Auge, bei ansonsten kurz geschnittenem Haar. Das tragen im Moment viele junge Frauen so, auch Männer. Ist sie es? Hat sie so viele Tattoos auf ihrer Haut? Würde sie FKK baden gehen? Ich weiß es nicht.

Elafonisi kommt mir vor wie ein heiliger Hain; ein Ort, an dem vieles auftauchen kann; sich von innen nach außen verlagert. Ich nehme das hin ohne Angst, es fühlt sich ganz natürlich an. Und ich laufe da hindurch; als eine von vielen. Als mir die Sonne zu arg in die Augen sticht, oben beim Leuchtturm, finde ich eine Sonnenbrille, direkt neben mir auf einer Bank. Es ist niemand da, bei dem ich sie hätte abgeben können. Zwei Hüte verloren in Samaria, eine Brille gefunden. Sorgt das Leben so für den Ausgleich? Oder die alten Seelen im Wrack mit dem stolzen Namen? *IMPERATRIX.*

Ich bekomme die geheimnisvolle Atmosphäre jenes Ortes mit Worten nicht zu fassen und versuche es doch.

Eigentlich hatte ich ja auch nur erzählen wollen, dass ich mich wie eine Prinzessin fühle, sobald ich den Strand von Elafonisi betrete.

Das Auto abgestellt – „Hast du auch alles?" -, die Schuhe abgestreift. Mit bloßen Füßen über die Holzstege, die vom Parkplatz zum weiten Gelände führen; ausgedehnt wie das Tempelhofer Feld in Berlin, nur, dass dort eben das Meer fehlt, eindeutig fehlt. Ein Joke geht ja so, dass der anspruchsvolle Hauptstädter am liebsten die Friedrichstraße nach vorne raus hätte und die Ostsee nach hinten raus. Nun bin ich weit entfernt von beidem und weiß nicht, ob das stimmt. Es ist mir auch egal in dem Moment, indem ich hier zu laufen beginne; bei all meinen Routen ist das der einzige Barfußspaziergang, den ich bisher unternahm. Keiner von uns hat auf die Uhr geschaut, aber eine Strecke muss ungefähr eine Dreiviertelstunde in Anspruch nehmen. Zuerst über flachen, festen Grund, dann waten durch Rinnsale wie zwischen Ebbe und Flut, schließlich das Einbiegen in den hinteren Teil mit seinen versteckten Buchten, verwunschenen Winkeln und hohen Steinkonstruktionen, hinter denen man auch – wie gesagt – hüllenlos baden kann, wenn man will. Eine Düne folgt, verweht wie in der Wüste. Und stapft man deren steilen Rücken hoch, erreicht man das schon erwähnte Plateau mit Leuchtturm, wenigen Bänken und dem besagten Kirchlein. Wie in Skagen, Dänemark, an der Nordsee, steht man auf knotigem, kratzigem Untergrund; muss man die Schuhe wieder anziehen, aber auf jeden Fall, bloß schnell und hurtig. Wie dort hat man auch hier einen Beinahe-Rundumblick aufs Meer. Wer an so einem Ort nicht schweigen muss, dem ist nicht mehr zu helfen.

Außer dem Wind, der immer an einem zieht, manchmal zerrt; ist hier alles still. Die Nöte, die Pläne, die Hast. Fortgeweht.

Ich weiß noch nicht einmal mehr, ob ich mich wirklich wie eine Prinzessin fühle oder nicht. Und wenn doch, warum eigentlich. Es ist auch egal. Wer ich bin oder glaube zu sein, das das ist egal, das spielt hier und jetzt keine Rolle. Vielleicht, dass ich liebe – das ja. Das wird auch vor dieser Kulisse Bestand haben. Das geht nicht unter in den ewigen Fluten, auf die wir herab schauen, und die in ihrem eigenen Rhythmus tosen, ob nun Artemis ihre Hirsche weidet, fremde Eroberer Griechen metzeln, als Sklaven verkaufen oder ein österreichisches Luxusschiff in diesen Wogen untergeht. Dass aber zwei hier ihre Ehe erneuern und wiederkommen, um nachzuspüren, ob es noch immer so gilt wie gesagt, das zählt. Ich weiß es einfach, dass es so ist.

Alexis Sorbas hat sein Happy End gefunden. Und mich würde es nicht wundern, wenn er gleich jetzt vor uns auftauchen und tanzen würde. Es ist schwierig genug, wie gesagt, die Majestät dieser Insel mit Worten zu beschreiben. Manchmal würde ich, was ich wegen ihr empfinde, auch lieber in ausdrucksvolle Bewegungen legen, so wie mein Freund aus der Literatur. Vielleicht haben wir ja auch gemeinsam ein paar Tanzschritte getan; er und ich, ich weiß es nicht mehr. In jedem Falle haben wir einander aber umarmt, und das nicht nur einmal. Kann sein, er schlug mir vielleicht auch die Popo Drum; er bereitet sich so systematisch auf sein nächstes Leben als Schlagzeuger vor. Seine Hände reichen genau bis hinunter an meine runden, straff bespannten Becken, wenn ich vor ihm stehe und er mich umschlingt, lange Arme über meine beiden Schultern. Er kann inzwischen schon das berühmte

Trommelsolo aus „In the air tonight" von Phil Collins auf diese Weise erklingen, besser: vibrieren lassen.

Wahrscheinlich standen wir aber doch nur da, sagten kein Wort, machten kein Geräusch und wurden zu Stein, Wasser, Wind und Wolken. Existierten nur noch durch das Pulsieren unserer Herzen. Nichts sonst. Himmel auf Erden.

Elafonisi.

Wie hätte ich dir denn nie begegnen sollen! Und gar nicht gewusst, dass mir etwas fehlt.

Langsamer als hin gehen wir wieder zurück. Oder nur bedächtiger, gesammelter als zuvor? Der Sand wird schon kühler unter den nackten Sohlen, die Sonne beginnt mit ihrem täglichen Abschied. Es gibt auch einen Wanderweg von Paläochora nach Elafonisi; den sind wir nur probehalber zur Hälfte gegangen. Als die Felsen gar zu schroff und die Pfade gar zu schmal wurden, haben wir fürs erste kehrt gemacht und kapituliert. Man kann unterwegs auch so herrlich baden, an einer ganz versteckten Stelle, in einer Lagune. Aber bestimmt gehen wir diese Fünf-Stunden-Tour doch noch, beim nächsten Mal wissen wir ja Bescheid und können uns besser vorbereiten; seelisch, moralisch, kulinarisch darauf einstellen.

Es ist schon faszinierend.

Man lugt um einen Berg herum, und die Welt öffnet sich mit einem Mal – so dass einem recht schwindelig wird von all der Weite. Elafonisi die ganze Zeit im Blick – und den hohen Himmel und das unendliche Meer –, müsste man an Hängen entlang kraxeln, immer oberhalb der Küste, in einem einzigen elegant geschwungenen Bogen. Jetzt, im Abendschimmer, sehen wir jene Felsnase, um die herum wir mutig unsere Häupter streckten, aus der anderen Perspektive, vom gelobten Strand her, auf dem allmählich nur noch wenige Menschen übrig geblieben sind. Pärchen wie wir, die mit einer Flasche Wein – anders als wir - auf den Sonnenuntergang warten. Wir gehen weiter, und voller Ehrfurcht schaue ich auf den Vorsprung in der Ferne, hinter dem es, wie ich weiß, nach *Pale* geht.

Ja, ich möchte ihn gehen, diesen GANZEN Weg – und auch, wenn sich uns dann wieder jenes logistische Problem stellt, das wir schon von Samaria kannten: Wie kommen wir wieder zurück, wo nicht einfach so ein Bus fährt oder man wie selbstverständlich in die S-Bahn steigen kann. Es wird sich zeigen.

Wanderungen auf Kreta sind einfach zu verführerisch!

Wir nehmen natürlich nicht die Schotterserpentine zurück; und so sind wir noch zwei Stunden auf Autostraßen unterwegs. Nach Paläochora in den Ort hinein führt eine Allee aus Eukalyptusbäumen, die heißt uns herzlich willkommen. Wer so lange hier residiert wie wir, der ist schon fast am Ort zu Hause. Das Hirn will einem dies jedenfalls vorgaukeln. Wie sonst sollte es wohl zu erklären sein, dass wir uns schon heimlich Häuser anschauen, die so gar nicht mit dem Inhalt unserer Bankkonten korrespondieren! Es muss etwas in der Luft liegen, das einem ein Sehnen eingibt, gegen das die Vernunft, die so genannte, keine Chance hat.

Je nun.

Diesmal nicht zu Fuß, sondern im Panda, kamen wir wieder bei unserem Bungalow an. Sorbas zauberte noch Thunfisch aus dem Kühlschrank, dazu frische Oliven, Tomaten, Gurken, Fetakäse und Brot. Was brauchten wir mehr zu einem Abendessen nach diesem Tag, der genug enthalten hatte, um ihn nun in Frieden

abzuschließen. Mit den Katzen saßen wir noch auf der Terrasse, bis uns allen alle Augen zu fielen.
Gute Nacht.

***

„Warum schreibe ich das eigentlich alles auf?", frage ich den Liebsten. „Wir könnten es doch auch für uns behalten, unseren Urlaub, unsere Popo Drum und so. Wieso muss ich derart geschwätzig sein? Habe ich denn überhaupt etwas zu sagen?"
„Du schreibst über die Liebe", ist seine einzige Antwort. Und damit scheint auch alles gesagt. Wieder einmal.
Ich meine, wir führen dieses Gespräch ja nicht zum ersten Mal. Das können Sie sich vielleicht auch denken. Von Zeit zu Zeit werde ich Allein-Vor-Mich-Hin-Arbeiterin – kein Selbstmitleid! Selber so gewählt! – von solchen Zweifeln befallen. Ich kenne das schon. Er auch. Und er belächelt es nicht, er nimmt es ernst. Ein Freund ist jemand, der dich an deine Wahrheit erinnert, wenn du sie vergessen hast. Genau! So einer ist er. Einer, der sagt: „Schreib du nur, wenn du musst; ich fädele meins schon ein in deine Abläufe." Alexis, was sagst du dazu? Du verstehst es gut, nehme ich an; du hast ja deinen Literatenfreund auch aus der Kohlenmine hinaus geschickt. Dort hatte er nichts zu suchen und dich bloß gestört. Also geh an deinen Schreibtisch, Bücherwurm! Eine Aufforderung durch die Zeiten; heute so gültig wie damals. Aber wenn du sie mal fragst nach ihrer Bücherweisheit, dann wissen sie auch keine Antwort. Ja, ja. Sorbas, ein griechisches Rauhbein wie du – äußerlich, natürlich! Rauh ist immer nur äußerlich... - hat gerade in dieser Woche zu mir gesagt, von

allen Weibern würde er gerade mir vertrauen, sich anvertrauen, gar trösten lassen. Ist doch schön, oder was sagst du dazu? Scheint mir dafür zu sprechen, dass ich vielleicht sichtlich etwas mehr als Theorie in mir trage – und dennoch natürlich immer weiter schreibe.

Der Grat zur Eitelkeit ist schmal. Beständig muss man aufpassen, nicht abzugleiten, sich weder zu wenig noch zu viel zu zeigen; auszudrücken, wie man eben ist.

Zurück nach Kreta, Paläochora. In die Außenwelt.

Unsere Muskelkater sind abgeklungen, die von Samaria zurückgeblieben waren wie ein Souvenir. Wir haben sie bereits in einer weiteren Gorge abtrainiert, der Topolia-Schlucht. Laut Wegweiser „an one hour walk", aber erst, wenn man wirklich unten ist und die Einfallstraße absolviert hat, am üblichen Kettenhund vorüber. Gott sei Dank – beziehungsweise weitsichtiger, mitfühlender Gefährte sei Dank – können wir uns jetzt jedes Tier gefügig machen mittels einiger Körner Hundefutter aus dem großen, nicht enden wollenden Papiersack im Auto. Und so überlebten wir auch diese Wanderung durch ein liebliches Tal voller Höhlen, in denen sich Partisanen versteckt haben sollen; vielleicht sind sie sogar darin gestorben. Ich gehe nicht nachsehen, ob sich dort eventuell noch Skelette befinden. Über einem der Eingänge zu einer vom Pfad her nicht einsehbaren Grotte baumelt ein mannshohes Holzkreuz, vom Wind sanft hin und her bewegt. Was ist hier wohl genau geschehen? Eine tragische Geschichte wie in dem Film „Der englische Patient", wo jemand seine Liebste nicht rechtzeitig hat retten können? Ein Grabesort. Ich gehe rasch weiter. Ich gehöre ins Leben, nicht dem Tod. Und ich kann manche Fragen auch so stehen lassen.

Das ist der Unterschied zu meinem ersten Beruf: Als Journalistin hatte ich exakt zu recherchieren. Als Literatin darf ich mutmaßen und einen Satz dahin wehen lassen.

Wie schön.

Das mahnende Kreuz im Nacken wende ich mich dem blühenden Weglein weiter zu. An dessen Ende gelangt man mitten hinein in den Garten einer einladenden Taverne, in der man glatt sogleich den ganzen Resturlaub über verweilen möchte. Das liegt vielleicht an den vielen Hängematten zwischen alten schattigen Bäumen; fast meine ich, für jeden Gast eine zu zählen. Wir trinken Espresso und frisch gepressten Orangensaft und lassen uns die prallen Südfrüchte direkt in die gierigen Mäuler hängen. Ach! Jeder trägt ein Lächeln im Gesicht, der hier serviert, die Treppe putzt, die Kaffeemaschine bedient. Ich erkläre mich schließlich zum Warten bereit an diesem Platz, während der Liebste in ein klapperiges Auto voller lachender junger Frauen gewunken wird. Sie kennen das schon: Wanderer wollen irgendwie zurückkehren zu ihren geparkten Autos. Wozu die ganze Strecke doppelt laufen, wenn man einander auf so einfache Weise helfen kann! Sie hätten auch mich noch mitgenommen und wären auf eine Tuchfühlung zusammengerückt, die ich vom Hörensagen nur von indischen Linienbussen her kenne. Aber ich winke dankend ab. Es kommt mir gerade recht, mir einen Holzschemel zurechtzurücken und auf ihm die letzten hellen, warmen Strahlen dieses Tages zu genießen. Eine stille Pause, bis wir weiterfahren.

Ich bin nicht allein.

Nie ganz allein, schon klar.

Aber hier ist außer mir noch ein uralter Mann, der sich auf einem Stuhl mit Rollen unter den Beinen vom sonnigen Plätzchen, auf dem er rauchte und sann, zum Hühnerstall bewegte, um die Federviecher zu füttern. Einen solchen Greis kann ich mir in keinem Seniorenheim vorstellen. Es hat mich nicht gestört, dass er mich nicht grüßte, obwohl er mich wahrgenommen haben musste, war ja sonst keiner da. Schon gar keiner in Shorts und braungebrannten Wanderbeinen und mit langem silberschwarzem Haar. Gerade unauffällig bin ich nicht. Mir war, als hätten wir miteinander kommuniziert; bloß eben ohne Worte, auf eine andere, verborgene Weise. Etwa so will ich alt werden, sagte ich ihm. Immer noch Aufgaben erfüllend, die den anderen nützen. Kleine Aufgaben. Große Aufgaben. Wer kann das unterscheiden. Der Alte nahm sich alle Zeit der Welt vor dem Hühnerstall. Ich habe dann nicht mehr mitbekommen, wie – ob er überhaupt zurück rollte oder irgendwo anders hin mit seinem raffinierten Stuhl. Der Liebste erschien mit dem Panda. Wir fuhren zurück, und ich war schon froh, nicht noch mehr laufen zu müssen an diesem Tag.

Lieber noch ein bisschen umher gondeln und genießen, wie die Oleanderbüsche am Straßenrand uns in ihrer rosaviolettweißen Pracht zunickten. Ich kann mich an ihnen einfach nicht satt sehen. Ebenso wenig an den prallen Zitronen und Orangen, die zum Teil auf ein und demselben Baum wachsen und ein Gefühl vermitteln, als befände man sich direkt im Schlaraffenland. Yo. Man!

Am nächsten Tag, einem Ruhetag, beobachte ich in mir eine kleine summertime sadness am FKK-Strand von Galiskiari. Ja, ich schwelge fast mit Absicht darin herum; schaue zu, wie sie sich aufplustert, meine Traurigkeit an einem heißen, wundervollen Sonnensandstrand. Wie sie sich eine Weile wichtig machen, mich gar beherrschen will, mit ihren Krallen ein wenig an die wunden Punkte in meiner Seele rührt – und dann am Ende achselzuckend wieder geht. Ich habe sie nicht ernst genug genommen, ihr bloß träge eine Zeitlang zugesehen. Da ist ihr langweilig geworden mit mir. Das hat sie nicht nötig, sich derart ignorieren zu lassen von einer nackigen Frau am Meer. So zog sie einfach weiter, vielleicht zu jemand anderem; vielleicht zerstob sie auch nur so am Horizont.

Manche Dinge im Leben sind eben traurig; zum Beispiel, wenn der einzige Sohn sich in einem anderen Bundesland ansiedelt, einem ziemlich weit entfernten Bundesland, und die einzige Enkelin mit, was soll sie auch machen! Wir werden nicht wieder in ein und derselben Stadt wohnen, so wie damals; und darob hätte ich glatt das Santori spielen mögen, Sorbas´ Medizin gegen jedwedes niederschmetternde Gefühl.

Am Hafen von Paläochora treten jeden Abend zwei Musiker auf, die – ich hoffe, dass es eines ist – auch mit dem Santori unterwegs sind. Der eine von beiden singt mit rauchiger, klagender Stimme; ich brauche keinen Geschichtsunterricht über Griechenland, wenn ich ihm zuhöre, in seinem Gesang ist alles enthalten. Wir saßen auf der Kaimauer gestern Abend und blieben für ein ganzes Konzert. Ich verstehe nicht, was die Worte bedeuten, aber ich verstehe wohl, dass er herzzerreißende Begebenheiten aus Jahrhunderten erzählt, dieser Mann ohne Alter mit seinem schwarzen Hut. Den nimmt er zum Abschluss graziös vom Kopf und trägt ihn vor den Restaurants von Tisch zu Tisch. Er findet genau die richtige Mischung aus Würde und Demut. Ein Künstler, der von seiner Musik auch leben muss, oh ja. Mein Gefährte gleitet von der Mauer, uns

Zaungäste hatte der Sänger bis dahin gar nicht bemerkt. Ich schaue zu, wie die beiden Männer einander gegenüberstehen, auf Augenhöhe. Und wie der eine sich vor dem anderen verbeugt, während einige Münzen in den Hut wandern. Ich liebe es einfach, wie dieser Kerl jedem Menschen als Mensch gegenübertritt. Jenen in Nadelstreifen genauso wie denen in schlichtem Cord. Ich kann es nicht fassen, wie jemand unbeschadet durch die Ära der Psychotherapie gekommen ist – so wie durch die sich abwechselnden Gesellschaften –, immer auf sein inneres Wissen vertrauend, sein Empfinden als absolut zuverlässigen Wegweiser. Während ich mich mitten hindurch quälen musste durch Ansichten, Analysen, Erklärungssysteme, war er wohl interessiert immer an meiner Seite; hat sich selbst jedoch herausgehalten. Wenn jemand ihn fragt, dann pflegt er zu sagen: „Ich liebe. Das genügt. Mag sein, ich bin ein Simpel." Er ist davon nicht abzubringen; auch nicht durch mich.

Wir waren dreimal an diesem Strand, Samstag, Sonntag, Montag. Wie im Märchen. Jeder gute Geist erscheint an drei Tagen hintereinander, bevor er auf Nimmerwiedersehen verschwindet. „Und dann hat man einen Wunsch frei", sagt Sorbas. „Ja." Sage ich.

Der meistgeschrieben Satz auf den vielen Postkarten, die der Liebste nach Hause schreibt, ist: „Alles heilt." Haut, Seele, zwischenmenschlich lange Aufgeschobenes, vielleicht Gestautes. Alles heilt.
Das, was man nicht ausspricht im Getriebe, um den anderen zu schonen. Er hat ja sowieso genug um die Ohren, ist auch ohne DAS ständig überlastet, übermüdet sowieso. Hier und jetzt sagen wir es uns; geben,

schenken es einander, haben Zeit, viel Zeit. Wie immer an solchen Tagen bin ich wieder sechsundzwanzig und denke, ich sähe auch so aus. Die Sonne des Mittelmeerraumes bräunt mir nicht nur die Gebeine, sie brennt mir auch die Jahre fort und alle daraus entspringenden Querelen.

So liege ich bei ihm, als wäre keine Stunde vergangen seit neunzehnsiebenundachtzig, als wir uns trafen. Ich würde immer bei dir Zuflucht suchen, wie damals, wie so oft, mein Schatz. Du machst mich jung und reif zugleich. Wie machst du das denn bloß, Zauberer, du...?

Das Gute ist dieser Weg vom Galiskiari-Beach nach *Pale*; so bekommen wir auch an faulen Strandtagen unsere körperliche Bewegung; unseren täglichen Hand-in-Hand-Flaniergang.

Ein Auto hält.

Ob wir mitfahren wollen, fragt ein britisches Pärchen; er von der Gestalt eines Marathonläufers, sie – nun ja – von Rubens´schen Ausmaßen, bestimmt gewichtsmäßig das Doppelte von ihm. „No, no", lehnen wir dankend und höflich ab. „We walk." „It´s good", nickt uns die üppige Schöne zu. Ein Lob, das sie ehrlich meint, das mit ihr selbst jedoch nicht das Geringste zu tun hat. Ich habe sie am Strand beobachtet. Sie scheint nicht zu leiden unter ihrer Wucht. Nahtlos braun ruhte sie auf dem Sand, zärtlich umsorgt von ihrem dünnen Mann. Hin und wieder küssten sie einander; selten stieg sie in die Wogen. Von einer messbaren Wasserverdrängung im Libyschen Meer ist mir nichts bekannt. Ach.

Ich möchte nicht böse klingen oder abfällig, ich weiß, das steht mir nicht zu. Aber die Wahrheit ist: Ich würde mich vermutlich umbringen mit so einem Körper, es gehört zu meinen schlimmsten Mädchenängsten – und sie haben sich bis heute in mir gehalten -, eventuell, bloß nicht, „fett" zu werden. Zumindest, so denke ich, würde ich das Essen einstellen und zwar sofort und vielleicht doch noch mit dem Joggen beginnen anstelle meiner langsamen, bedächtigen Gangart, kaum zum Kalorienverbrennen geeignet.

Aber sie, diese Dame wie aus Marzipan, ruht lächelnd in sich. Die Grandezza, mit der sie, auf dem Rücken liegend – allabendlich, wenn die Fähre von Chora Sfakion vorüberzieht und das Signal zum Aufbruch gibt – ihre große Jerseyhose überstreift, raubt mir die Worte, die Gedanken. Wer bin ich, dass ich dies verurteilte! Wo sie so sichtlich damit klarkommt. Und doch – das ist mir sicherlich erlaubt – sende ich allabendlich, wenn die Fähre von Chora Sfakion vorüberzieht und uns Strandgästen zeigt, dass gleich die Sonne hinter den Felsen verschwindet und es Zeit zum Aufbruch ist; ein stilles Dankgebet an meine Höhere Macht: Danke, lieber Gott, dass ich, bis auf einige durchaus weibliche Rundungen (und wie sollte er sonst auch die Popo Drum auf mir schlagen können) schlank sein darf, ich könnte sonst nicht weiterleben. Ich weiß, es klingt albern, und ich weiß auch, darauf kommt es gar nicht an. Und wahrscheinlich – sehr wahrscheinlich – wäre auch dann meine Lust am Leben, die neu erwachte, immer noch groß genug, um mir doch nicht den Garaus zu machen, von eigener Hand. Dennoch. Ich wünsche es mir einfach und möchte, soweit ich es heute erkenne, alles dafür tun, was in meiner kleinen Macht steht, dass ich hoffentlich bis zum Schluss in Form bleibe. In guter Form. In ansehnlicher Form. Wie empfindlich dieses Thema doch ist. Nur für mich – oder auch für Sie, lieber Leser, liebe Leserin?

Ich will niemanden verletzen.
Ich will nur bitte schlank bleiben dürfen.
So recht?
Recht so.

***

Irgendwann in der Erinnerung verschwimmen alle durchwanderten Schluchten zu einer einzigen. Ein Einstieg, ein paar Schritte abwärts – und dann: Ein Wunderland. Man hat sich von einer in eine völlig andere Welt begeben, einfach so. Die hohen Felswände nehmen einen in Empfang, der Pfad führt in ein Labyrinth. Marlene sitzt auf einem Stein und lächelt mir zu.

Was ich dich fragen wollte, Marlene: Jetzt, wo du es besser weißt als ich oder vielleicht auch früher schon gewusst hast, besser als ich; ist es denn notwendig, sich in einem Leben derart anzustrengen, so wie ich es tue? Du erscheinst mir als ein Gegenentwurf, zugegeben, ebenfalls ein unvollkommener, oder irre ich mich da? Denke ich denn das nur, weil ich dich nicht richtig kannte oder zu spät im Leben oder beides? Jedenfalls, du hast viel mehr genossen als ich, so will es mir fast scheinen. Ich war immer die Aktive, die „etwas Leistende", am liebsten etwas Großes; du die Genießerin. Weißt du noch: Auf einer Familienfeier zu irgendeinem Anlass, da tanzten wir euch vor, der Sorbas und ich. Ein knallrotes Kostüm, seidene Tanzschuhe für „Standard und Latein" in derselben Farbe. Ich angebliche „Rampensau" zitterte wie Espenlaub in seinen Armen. Es ist nicht das einzige illusionäre Image von mir selber, das ich schon hinter mir lassen musste. Wie viele denn noch, so frage ich mich manchmal...

War es ein Walzer, den wir vorführten, ein Jive? Ich weiß es nicht mehr. Ich sehe nur dich an der langen Festtafel – mit Tränen in den Augen schon beim ersten Klang der Musik, beim allerersten Schritt unserer Paarfigur. Du hast geweint, Marlene! Bei deiner Trauerfeier haben sie gesagt, du warst eine Ästhetin. Ein Foto war von dir aufgestellt, das unterstrich die Aussage aufs Schönste. Du, in einem roten Pareo, lässig hingelehnt an eine weißgekalkte Wand unter karibischer Sonne. Da musste ich auch an unsere Tanzszene denken. Ästhetisch sahen wir sicherlich aus, daran besteht kein Zweifel.

Da lächelst du auf deinem Stein. Was ich mir immer für Gedanken mache, sagst du ohne Worte. Alles erklären, anstatt es einfach zu genießen.

Agia Eirini. Die Eirini Gorge. Nicht weniger anmutig als all die anderen. Drei Stunden läuft man in eine Richtung, länger als durch Topolia, kürzer als Samaria. Du brauchst das nicht, den ganzen Weg zu gehen, du winkst mir zu und schwindest schon. Ich brauche es schon; aus Freude, hoffe ich, nicht aus Ehrgeiz.

„Wir haben die Eirini GEMACHT!" Haha.

Bei Osho las ich gestern Abend noch, wie albern es doch ist, wenn ein Teil das Ganze beherrschen will. Und nun habe ich wieder die alte Liedzeile in meinem System: „Und werden wir erst wissend sein, fügt sich uns die Natur." Bei dieser Wanderung jedenfalls durfte ich wieder in aller gebotenen Demut ein Beispiel dafür erleben, dass wir uns zum Glück niemals diese gewaltige, wilde Umwelt zähmen und sie auf unsere menschlich gewollte Weise benutzen können. Sie ist zu mächtig und groß. Gott sei Dank. Und wer mich kennt, der weiß, das meine ich ganz wörtlich.

Diese Irini oder Eirini-Schlucht – die Schreibweise variiert wegen der uneinheitlichen Buchstabenübertragung aus dem griechischen Alphabet -, was ist sie doch für ein gewaltiges Tal! Gegen viertel Eins am Mittag stiegen wir da ein und staunten, staunten, staunten. Zwängten uns durch die schmalste Stelle Kretas, einen vielleicht ein Meter breiten Spalt im Fels, der gleich zweifach auf den mutigen Trapper wartet. Man hat die Wahl, ob man sich durch die eine oder die andere Seite schlängelt, jede eine kleine Herausforderung für den innewohnenden Klaustrophoben; und für mich wieder einmal ein Dankeschön wert für meine Figur. Die englische Dame vom Galiskiari Beach hätte hier keine Chance. Aber sie geht ja auch nicht zu Fuß, wir erinnern uns. Ein Geröllfeld ist zu überwinden und ähnlich steile Aufstiege wie in Samaria, wo man schon von unten fast alle Zuversicht verliert, weil man – wenn man Katrin heißt – den selben Fehler wieder macht, den Blick hebt, nach oben schaut und gefühlt tausend Geländer über sich sieht. So ahnte ich, was mir da blühte. Meine Waden zuckten wie zur Erinnerung (als hätte ich noch einen zusätzlichen Hinweis körperlicherseits gebraucht!), und ich brauchte die meiste Kraft dafür, meine Psyche halbwegs „auf Draht" zu halten und nicht zuzulassen, dass sie mir und den Waden einredet: „Keine Chance! Das schaffen wir nicht."

Alles Wesentliche geschieht zwischen den Ohren; ich weiß das nicht erst durch meine sehr verehrte Yoga-Lehrerin. Inzwischen merke ich auf der Stelle, wenn ich zuviel denke oder total kontraproduktives Zeug denke; dann raube ich mir selbst die Energie. Ich versuche es dann, indem ich mir „Stop" sage oder eine hilfreiche Silbe intoniere oder ein Lied singe, laut, leise, im Gemüt. „Die Heimat hat sich schön gemacht", die alten Mantras auf Sanskrit oder gerne auch „Die Partisanen vom Amur". Es ist völlig egal, welche Melodei; sie soll ja bloß diesen sinnlosen Strom anhalten oder eindämmen, damit er nicht mein Tun blockieren möge. Und so meinte ich dann – als ich die beiden senkrechten Kilometer absolviert hatte, ganz oben stand und einmal „durch" war durch diese schöne bewaldete Schlucht -, ich hätte eigentlich genug und könnte gut wie gerne auf den Rückweg verzichten. Soll mich doch abholen, wer will; mir reicht´s für heute. Genug geübt und mich in jeder Hinsicht einmal mehr selbst überwunden.

Und dann erlebte ich ein Wunder!

Was die Eirini Schlucht nämlich von allen anderen, die ich bislang aus eigener Erfahrung kenne, unterscheidet, das ist die Taverne an ihrem Ende. Unter alten Olivenbäumen – gut, das ist nichts Neues – bereitete ein Wirt mit seinem Sohn ein wahres Zauberessen zu, bei dem einfach alles stimmte. Ich weiß nichts von geheimen Zutaten; aber was ich hörte, war original kretische, sehr orientalisch klingende Musik aus Lautsprechern, die der Mann laut aufdrehte, als er sah, wie sehr sie mir gefiel, und wie ich tanzen wollte, wenigstens zunächst mit dem Oberkörper auf meinem Stuhl. Was ich sah und roch, das war dann eine Mahlzeit, handgefertigt, natürlich, nichts aus dem Kühlregal; alles aus der näheren Umgebung. Vom goldgelben Schafskäse in dicken Brocken, die man sich hätte auf die Haut reiben mögen, über den von Knoblauch strotzenden Zatziki bis zum wegen seiner Zartheit auf dem Teller zerfallenden Schafsfleisch in einer würzigen Soße. Wozu Besteck! Solch herrliche Lebensmittel sollte jeder mit den Fingern spüren, zum Mund führen. Das Brot zum Greek Salad war warm wie gerade aus dem Backofen geholt. Und so spachtelten wir uns voll, als hätten wir seit Tagen nichts gegessen, wiegten uns dabei zu den Klängen aus dem Lautsprecher; sehr zur Freude des Wirtes und seines Sohnes. Aus mehreren Zahnlücken und einem lebensgegerbten Gesicht strahlte er vor allem mich an, und ich hätte schwören können, er hätte es noch mal mit einer wie mir versucht. Vielleicht gab mir solches aber auch nur diese Stimmung ein und die Labsal für Körper, Geist, Seele, wie sie ein Fünf-Sterne-Wellnesshotel nicht schöner hätte kreieren können.

Irgendwann nach dem starken, süßen Greek Coffee war uns beiden, dem Sorbas und mir, klar: Wir müssen laufen. Spätestens, nachdem der Gastgeber lachend wie ein sich schüttelnder Buddha erneut die Teller aufgefüllt hatte, einfach nur so zum Spaß, weil er sah, wie sehr uns seine Produkte schmeckten, wussten wir, dass wir uns bewegen mussten. Auf seltsame Art fühlte ich mich auch tatsächlich vollkommen wieder hergestellt; so frisch wie nach acht Stunden ungestörten Schlafes – oder als hätte mir jemand ein Präparat verabreicht, eine Adrenalinspritze verpasst. Leichtfüßig und jugendlich flirtend verabschiedete ich mich von diesem Vater-Sohn-Paar, das uns behandelte wie allererste Gäste auf einem allerersten Planeten. Wie der erste Mensch. Da war es wieder. Wie die erste Begegnung bei einem köstlichen Mahl. So ein Essen – und da spricht der Volksmund absolut wahr – hält wirklich Leib und Seele zusammen oder bringt sie wieder zueinander. Keine Widerrede!

Wenn ich vorher noch gedacht hatte, am Ende meiner Kräfte angekommen zu sein, schwebte ich nun neu belehrt über diese Wege und berührte den Boden der Schlucht kaum, so gut ging es mir, so verdammt noch mal, verdammich gut, echt ey! Auf dem gesamten Rückweg – wieder so um die drei Stunden – hatten wir die ganze Eirini Gorge für uns allein. Nur die Ziegen warfen hin und wieder Blicke oder Steine auf uns, um sich danach gleich wieder abzuwenden. Was um alles in der Welt sollten sie mit solchen Menschlichen auch zu schaffen haben. Sie waren die Bewohner hier, wir nur die Gäste. Keiner versuchte, den jeweils anderen zu beherrschen. Wozu auch! Es tat nicht not. War ja genug Platz für uns alle da.

Wir liefen, stiegen, kletterten, manövrierten uns anmutig durch dieses Märchenland, das nun noch stärker leuchtete als zuvor, obwohl die Sonne längst nicht mehr so stach. Wir brauchten keinem anderen Wanderer auszuweichen, niemanden in fremden Zungen zu grüßen, keine Fragen zu beantworten. Wie weit es denn noch sei? Ob es sehr anstrengend würde?

Die Wege liefen sich nun wie schattige Thüringer-Wald-Pfade. Die Vogelstimmen hallten zwischen den hohen Felswänden wider. Wenn ich jetzt daran denke, möchte ich auf der Stelle wieder dort sein und mit jenen Lebensmitteln, die diesen Namen wirklich verdient haben, im Bauch erneut dort wandern und immer nur wandern.

Am Abend sagte ich zum Gefährten, dass ich wohl lieber den *E4* durch ganz Kreta wandern würde als den berühmten Jakobsweg. Er hat schon Urlaub für das kommende Jahr geplant und kann sich kein anderes Ziel vorstellen als wieder diese, unsere Insel.

Ich muss noch erzählen, am oberen Ende der Schlucht hat jemand ein Kirchlein aus einem herb gefallenen Felsbrocken gemacht, mit Heiligenbildchen und einem Opferteller, auf den die Leute Geldmünzen legen, die offenbar keiner klaut. Es liegt auch keinerlei Müll in der gesamten Schlucht, die Wanderer hier scheinen achtsam zu sein. Ach, diese Pfade wie aus Gebrüder-Grimm-Verfilmungen! Ich will sie wirklich nur beschreiten dürfen, nicht verändern. Ich finde es richtig, dass die Griechen Eintritt nehmen für ihre bekanntesten Schluchten. Fünf Euro, wie gesagt, für Samaria; zwei Euro für Eirini. In unserem Fall war bloß keiner da, der uns hätte abkassieren können; das dafür vorgesehene Häuschen stand verwaist in der Gegend herum. So ließen wir eben alles beim Wirt und geizten weiß Gott nicht. Mein Gewissen ist absolut rein. Aber wie sollten wir denn auch knausern – mit jemandem wie meinem persönlichen Sorbas ist ein solches Verhalten gänzlich und für alle Zeiten strikt unmöglich!

Die einäugige schwarze Katze streicht mir um die nackten Beine, und ich genieße es. Ich kehre in meine Kindheit zurück, als von Allergie noch keine Rede war. Kreta hilft mir auf den Weg zu meinen Ursprüngen. Ich tauche ein und heile, in jeder nur denkbaren Hinsicht. Und er erst! Der Mann ist unwiderstehlich in seiner ausgeruhten Lebenslust. Ich beschreibe ihn euch mal nicht näher, sonst verliebt ihr euch bloß noch in ihn – und das würde leider eine unglückliche Liebe werden; er ist ja im Herzen schon vergeben. Glück für mich! Nicht neidisch sein. Für euch gibt es einen Sorbas auch. Irgendetwas macht mich da recht sicher.

Am Ende fuhren wir noch mit dem Auto nach Sougia und sprangen ins Meer an der Stelle, wo sonst die Fähre anlegt. Sie war schon „durch". Ich wusste das, wie der Schrankenwärter Krause, der in seinem Bahnhäuschen wohnt, weiß: Ach, der Neun-Uhr-Vierzig-

Zug nach Itzeplitz hat heute wieder zehn Minuten Verspätung; oder er ist eben „schon durch". Allmählich werde ich Teil des Geschehens und füge mich ein.

Ein solches Bad nach einem langen Wandertag ist auch ein Stück vom Himmel auf Erden! Alles kühlt ab, wird seidig umspült, die Fußmuskeln entspannen sich, und man fühlt sich total sauber trotz des Salzwassers überall auf der Haut.

Anschließend nahmen wir uns noch die Zeit, mit Motorkraft zum oberen Ende der Schlucht nach Agia Eirini zu fahren, zum zweiten Mal diese Stelle zu betrachten, am selben Tag. Das ist ein ganz schön weiter Bogen, ein Umweg von zweiundzwanzig Kilometern. Wie gut, dass wir zu Fuß unterwegs waren. Danke, dass wir laufen können und fit sind. Das soll sich nicht esoterisch anhören. Ich kenne ganz normale Leute, die ich zu Hause auf meinen Mittagsrunden zum Kopf-Auslüften treffe, und die das auch sagen, schlicht, wie selbstverständlich: „Ich danke meinem Herrgott jeden Tag dafür, dass ich laufen kann." Meine Vermutung ist ja, dass viel mehr Menschen auf so einfache Weise beten; dass sie es nur nicht laut sagen, um nicht belächelt oder missverstanden zu werden. Ich verstehe solches Verhalten immer besser, ganz ehrlich. Jedoch, was soll ich machen! Ich bin Schriftstellerin und als solche von Berufs wegen geschwätzig.

Es war eigenartig, die gastliche Hütte in der Dämmerung noch einmal zu sehen, nach Feierabend. Kein Wirt, kein Sohn, keine Musik. Kein Essensduft. Da merkt man, woher das Eigentliche kommt, das jede Speise erst richtig würzt. Ohne diese Beigabe stand hier nichts als zusammen gezimmerte Bretter an einem Ort in einem Wald, über den sich allmählich das dunkle Tuch einer Juninacht legte. Ich war froh, dass wir den

Panda wenden und nach Pale zurückfahren konnten. Noch einmal hätte ich die Schlucht jetzt nicht durchstreifen mögen.

Der nächste Tag war wieder ein selbst verordneter Ruhetag. Es ist noch immer die größte Herausforderung für mich, einmal gar nichts zu tun; nicht effektiv zu sein, wenigstens in Methoden zur Selbstverbesserung die vorhandene Zeit minutiös zu nutzen.

„Wir haben die Pflicht, uns nicht zu beeilen..." Ja doch, ja! Nikos, wie könnte ich deine Sätze jemals wieder vergessen. Aber ist nicht das genaue Gegenteil davon unter gewissen Umständen genauso wahr? Sich nicht hängen lassen; etwas aus seinem geschenkten Leben zu machen, etwas Gutes, natürlich, und sich dafür auch erklecklich anzustrengen?!

Ach! Wie man es auch dreht und wendet, man bekommt es einfach nicht in den Griff. Und richtig so. Ja. Vollkommen richtig. Ich möchte mir nicht vorstellen, ich hätte die Macht, alles auf meine Weise in den wie auch immer gearteten „Griff" zu bekommen...

Gegen Abend, als es endlich etwas kühler wurde, fuhren wir noch einmal nach Elafonisi und taten dort diesen langen schönsten Barfußspaziergang der Welt. Sorbas hatte Streichhölzer und Teelichte mitgenommen; und so zündeten wir oben in dem Kirchlein Kerzen an, räucherten mit dem duftenden Weihrauch, der in einer Plastiktüte zum freien Gebrauch bereit liegt. Hmmm! Zu dem Steine- und Schneckenhäuseraltar fügten wir neue Stücke hinzu. Und dann fotografierten wir einander – und uns zusammen, mit Selbstauslöser – im geschnitzten hölzernen Bogen, der die Tür einrahmt; zwischen all den Heiligenbildchen, was ich sehr feierlich fand. Eine echte heilige Handlung, von niemandem verordnet, von keiner Religion vorgeschrieben außer der des menschlichen Herzens.

„Liebst du mich – so wie ich dich? Oder willst du mich verändern?", fragte der Gefährte in einer Umarmung nah an meinem Ohr. Was sollte ich da antworten! Hey! Es war das Thema des Tages. Also, und ein für alle Male: Ich liebe ihn, wie er ist. Ich weiß, ich kann ihn nicht verändern, und wozu auch! Veränderungen geschehen sowieso, ganz ohne mein Zutun und auf eine sehr subtile Weise. Ach ja: er liebt mich auch, so wie ich bin und will mich nicht verändern. Das ist doch insgesamt ein prima Grundzustand, für den ich – auch, wenn es euch auf den Wecker gehen sollte – danke sage.

In drei Mülltüten nahm mein Liebster dann alle leeren Weinflaschen und den sonstigen zurückgelassenen Unrat mit hinunter bis zu den Tonnen am vorderen Strand. Er könne es nicht ertragen, sagte er, dass dort, wo wir so oft geheiratet haben, alter Abfall herum liegt. Gefegt hat er auch noch. Ein Besen lehnt dort zum Benutzen an der Wand; eigentlich für alle, die dort eine Zeit lang verweilen und ihre Herzenswünsche da lassen, ob nun in einer Flaschenpost oder im tanzenden Dampf der Myrrhe.

Elafonisi. Ach! Goldene Perle. Ein Stück Karibik auf Kreta – und nun so eng mit mir verbunden.

Wir sagten „Tschüß" für dieses Mal und drehten uns beim Rückweg-Barfußgang noch viele Male um, um diese kleine Kirche im Abendlicht zu grüßen. Ich möchte nie mehr anders leben als so; so bei mir und dadurch mit ihm oder eben umgekehrt. Zuerst mit ihm und dann zu mir hin, weil beides für mich einfach zusammengehört. Noch immer bin ich nahe bei mir, wenn ich an seiner Seite bin. Mein erster und bis heute

vielleicht bester Satz, den ich über die Liebe geschrieben habe: „Wenn ich bei dir bin, bin ich näher bei mir."
Ja. Das stimmt. Und das trägt. Vielleicht gibt es so etwas ja wirklich nicht allzu oft, ich weiß es nicht.

Aber einmal existiert es. Das weiß ich genau!

Und wenn das möglich ist, dann kann es sich auch wiederholen.

Nehme ich an.

***

Kein Haus auf Kreta!

Als wir gestern auf dem Weg nach Anidri durch die schwüle Hitze stapften, da folgten wir – schon kurz vor dem Ziel - neugierig einem Schild „House for sale". Es wies einen kleinen Abhang hoch, wenige Schritte vorm Eingang zum Dorf. Ein tolles Haus! Mit vielen natürlichen Steinen im griechischen Stil erbaut, zweistöckig, grüne Fensterläden, mehrere Terrassen ebenerdig und vor den beiden oberen Zimmern. Man sah die ganze Liebe, mit der da jemand seinen Traum verwirklicht haben muss; mitten in den stillen Olivenhainen eines winzigen Dorfes, das allmählich von den Residenten eingenommen wird. Ein Dorf, in dem man nicht einkaufen gehen kann, in dem es nur diese eine, einzige Taverne zur Alten Schule gibt und sonst gar nichts außer entfernten Gehegen für Ziegen und Schafe, Wanderwege, eine Durchfahrtsstraße. Was für ein Platz, wenn man ein Ruhesucher ist und alles bereits hinter sich hat, den Stress, das Gerenne, den Wettbewerb.

Es gibt eine Garage, eine schattige Sitzbank unterm Vordach, eine Einfahrt mit schmiedeeisernem Tor. Eine Idylle, soweit. Aber unmittelbar unter diesem paradiesischen Anwesen stehen direkt am Hang mehrere längliche weiße Zelte, und ein Generator röhrt vermutlich Tag und Nacht. Eine Hühnerfarm wahrscheinlich; sicherlich erst nach dem Haus gebaut und nun der Grund für eine entnervte Flucht, einen geplanten Verkauf.

Geplatzter Traum.

So sieht das aus.

Überall sonst ist es ländlich still; man hört nur die Tiere krähen, bellen, miauen, was einen kleinen österreichischen Jungen in Extase versetzt. Seine Oma wohnt „am Land", wie wir erfuhren, und so sprach er mit jeder Katze persönlich, suchte jeden „Kikerikiii" auf, egal, aus welchem Garten er auch rief. Der Papa rannte immer hinter dem Sohn her, was blieb ihm auch übrig, dabei sah er aus, als wäre er so viel lieber hinter seinem Radler auf dem Tavernentisch sitzen geblieben. Shit happens!

Ausgerechnet an jener Stelle, an die sich ein Deutscher (die angeschriebene Kontakttelefonnummer hat die Vorwahl null-null vier-neun) so ein süßes Häuschen hingestellt hat, da blüht nun auf einmal die kretische Landwirtschaft im größeren Stil und macht ihm zumindest alles kaputt. So stelle ich mir das wenigstens vor. Aber wer soll so einen Hof kaufen? Ich würde ihn ja nicht mal auf Zeit mieten, als Feriengast; das Dröhnen stört so sehr, und man kann bessere Unterkünfte am Wasser bekommen, wie man an uns ja sieht. Dennoch inspiriert uns das Haus, das der Gefährte von allen Seiten fotografiert, zu kleinen Gedankenspielereien.

Was wäre, wenn?

Wenn wir unsere letzten zwanzig, dreißig Jahre auf Kreta verbrächten und uns hier einfügten? Ich kann überall schreiben, und um einen Sorbas mache ich mir auch keine Sorgen, der phantasiert schon von Sonnenkollektoren und Nutzvieh, das seine Terra Preta fest trampelt.

Ich glaube ihm das auch; wenn er in elf Jahren in Rente gehen wird – so Gott will -, dann möchte keiner von uns beiden noch etwas mit Medien zu tun haben oder stundenlang in Monitore gucken. Nicht falsch verstehen; ich werde immer schreiben, bis man mir den allerletzten Griffel aus den eiskalten Händen winden muss, weil ich ihn freiwillig nicht hergegeben hätte. Aber das habe ich ja schon begonnen, einzuüben, dass meine Berufung wieder zum Hand-Werk wird; und so will ich es dann auch halten. Selbst, wenn ich mit der Überarbeitung denn doch an den Computer trabe, so werde ich ihn in Grenzen zu benutzen wissen, auf dass meine kostbaren Augen nicht viereckige Form annehmen müssen.

Immer nur für heute träumten wir so vor uns hin, während eines weiteren Essens in der Alten Schule, von dem die Premiumkatzen alle Reste abbekamen. Es gab Goat, Auberginenrolls mit Schafskäse, zum Nachtisch Brownie mit Icecream. Und unsere losen Reden drehten sich um unser Haus auf Kreta dabei; ob das eventuell lebbar für solche wie uns sein könnte; solche ohne dickes Portemonnaie und mit festen Wurzeln zu Hause, in unserer Stadt, unserem Land. Oh ja.

In der darauf folgenden Nacht sah ich im Traum, wie wir in dieses Haus von jemand anderem einzogen und uns das nichts als Unglück einbrachte. Wir verschuldeten uns hoffnungslos, dann kamen noch hohe Zahnarztkosten dazu; und der Bau, der von außen so schön wirkte, erwies sich als ein einziger Pfusch, voller teurer Mängel.

Im Internet recherchierten wir die Preise für solche Häuser. Zwischen fünfundachtzigtausend und einhundertzwanzigtausend Euro. Na, die haben wir definitiv nicht und können sie auch nirgendwo erwerben, zu unserem Glück vielleicht. Unter meinen besten Freunden kursiert die gute, alte Weisheit: „Achte gut auf deine Wünsche! Sie könnten in Erfüllung gehen."

„Überleg doch mal, wie oft wir auf Kreta noch ausgiebig Urlaub machen können, für diese Summe", sagte ich zum Gefährten, und der nickte. Ich bräuchte ein deutliches Zeichen, das ich auch verstehen könnte, damit ich zu einer so großen Veränderung in meinem Leben bereit wäre. „You only live once, go to Crete", sah ich die Werbung eines Immobilienbüros irgendwo in der Stadt. Ja, ja, so kommen sie einem.

Aber was ist, wenn...

Die Kinder und Enkel hätten immer einen Ferienplatz – aber wollen sie nicht auch mal woandershin? Du nimmst dich überallhin mit – aber müsste ich davor überhaupt noch Angst haben? Ein Meeting würden wir gründen, ein deutsch- und englischsprachiges; in Paläochora, einmal in der Woche eine Stunde lang, ohne Bewirtung, nur mit den Texten und den Aussagen. So unwahrscheinlich ist das nicht! Ich müsste aber wirklich ein deutliches Zeichen dafür sehen, wie schon gesagt. Bloß so aus meinem momentanen Gewille und Gewolle heraus mache ich das nicht, stimme ich so einem Plan einfach nicht zu, wie verlockend er auch immer klingen, sich anfühlen mag, so lange ich auf dieser Insel weile.

Wir lieben Berlin, alle beide. Wir lieben seine Möglichkeiten; Kino, Sauna & Co.. Von hier aus gesehen ist die deutsche Hauptstadt natürlich absolut crazy; man kann nicht verstehen, wieso dort überhaupt

jemand wohnen sollte – wo es auf Erden doch Plätze wie diesen hier gibt. Wer nach Paläochora kommt, der kommt wirklich nach Kreta, schreibt jemand im Netz. Also, lieber Gott, Du siehst ja, dass ein Teil von mir sich ernsthaft mit einer Öffnung auseinandersetzt. Wenn Du es also wirklich willst, dass wir zwei ein Standbein hierher ausstrecken, dann zeige es mir, bitte.
Ich lausche.
In mein Tagebuch schreibe ich das Folgende:
Morgens, wenn man jung ist, scheint alles möglich zu sein. Abends reduzieren sich die Machbarkeiten. Ein Tag ist wie ein Leben.

Eine winzige schwarze Katze heftet sich an meine Fersen, als wir vom Strand nach Hause (nach Hause!) laufen. Ich überlege schon, wie ich sie durchfüttere, schütze vor den gierigen anderen Biestern, ins Flugzeug schleuse, zu Hause unterbringe... - da dreht sie am Campingplatz ab, einfach so und folgt irgendeinem fremden Essensgeruch. So ist das. Willkommen und Abschied. Immer wieder.
„It´s good to grow up and become perfectly incomplete" steht auf dem T-Shirt der Kollegin von unserer jungen Frau Nannini. Die beiden bemalen alle Steinumrandungen der Bäume, Sträucher, angedeuteten Brunnen in leuchtenden blauweißen griechischen Farben. Wir sind auch Künstler, sagt die Chefin lachend auf Englisch zu mir. Na gut, nicht so wie du, aber immerhin. Ich sage aus der Perspektive meiner älteren menschlichen (hoffentlich!) Reife, dass es für mich keine Unterschiede gibt zwischen Kunst und Kunst. Das ist es ja gerade, dass in diesem Beruf, während solcher kreativer Tätigkeiten keine strengen Wertmaßstäbe gelten – und natürlich trotzdem immer

wieder Leute auftauchen, die sich anmaßen, solche anlegen zu können. Es ist kein Wettbewerb, schöpferisch zu arbeiten. Aber bekäme ich einen Literaturpreis zugewiesen – ich würde ihn, Stand heute, nicht zurückweisen.

Ach ja.

Alles ist voller Widersprüche und Verwerfungen.

Auch ich.

Wie denn auch nicht, wo ich zwischen diesen beiden Welten wandele.

***

Der frühe Sonntagmorgen dämmert gerade, es ist unser letzter Sonntag für dieses Mal auf diesem Stückchen Erde. Wir wachen auf, einer nach dem anderen, in unserem Schlafgemach mit den beiden einfach Betten; und dann tapern wir – noch blind und taub vom Traum – einer nach dem anderen in die Schönheitsräume, um uns gleich darauf – einer nach dem anderen, Sie ahnen es -, wieder auf der Lagerstatt zusammenzurollen, bereit zum langen Ausschlafen. Ist es ein guter Geist, der mir die Frage eingibt? „Bist du noch sehr müde?", wispere ich jedenfalls hinüber zum Geliebten unter seiner Decke. „Hmm – nö...", brummt er, und ich will ja gar nicht wissen, welche Absicht er mir jetzt wohl unterstellen mag, zu welcher Höchstleistung er sich seelisch wie moralisch schon bereit macht. Aber da kann ich ihn wirklich überraschen, eventuelle sogar beruhigen, was die Leistung anbetrifft.

„Wollen wir zum Schiff und nach Loutro fahren, heute?"

Zu Loutro muss man wissen, dass es uns wie ein Mirakel schon bei allen Kreta-Aufenthalten zu verfolgen scheint. Ein sagenumwobener Ort, den man zu Fuß nicht erreicht (zu viele Kettenhunde bellen böse an ihren lavede aussehenden metallenen Leinen und versperren den Weg), mit dem Auto ebenfalls nicht, so lange man nicht einen Geländewagen sein eigen nennt. Zweimal haben wir aus solchen Gründen dieses ehemalige Fischerdorf in einer malerisch versteckten Bucht also schon verworfen. Doch auch diesmal gaben die Götter uns einen Hinweis. Der Mann bei der Mietwagenfirma, von der unser Panda stammt, sah mich mit verträumtem Blick an und sagte, dass wir nun aber wirklich dort hin müssten! „Loutro is not one of the best places on earth; it is the best place on earth." Wow! Dieser Mann sah nicht aus wie ein schwelgender Dichter, eher wie ein hemdsärmeliger körperliche Arbeit Gewohnter, mit schwarzem Bart, kräftiger Statur; der sprichwörtliche Grieche aus der Werbung („Das Costa fast gar nix."). Wenn so einer so etwas sagte, dann musste da auf jeden Fall etwas dran sein. Und an diesem noch halbdunklen Morgen fiel es mir wieder ein. Wann, wenn nicht jetzt! Schliefe erst einmal einer von uns wieder ein, dann war die allerletzte Chance für dieses Jahr vertan. Es war unser letzter Sonntag hier; am Mittwoch würden wir auschecken, und bis dahin war die Zeit verplant. Am Montag fastet mein Geliebter immer, das ist ungünstig für einen Tagesausflug solcher Art. Am Dienstag wollten wir nach Chania fahren, den Freunden in unserer Gruppe des offenen Visiers Lebwohl sagen. Also: Wann, wenn nicht jetzt?!

Sorbas, der Jüngere, begriff das binnen Sekunden. „Nicht müde", sagte er; und: „Ich brauche aber schon noch einen Kaffee."

Gesagt, getan. Es gab einen Aufwachschluck, ich warf ein paar Zeilen in mein Tagebuch, nur wegen der Disziplin. „Kann das wahr sein", schreibe ich, „dass wir endlich einmal zeitig genug aufstehen, um die Acht-Uhr-dreißig-Fähre zu schaffen?! Sogar die einäugige schwarze Katze schaut zweiflerisch um die Ecke... - Aber auf jetzt!"

Und so starteten wir.

Nie waren wir um diese frühe Stunde am Kai. Erste Frühstücker sitzen tatsächlich schon in den Cafés. Es gibt Leben in Pale am Morgen!

Im Tourismusbüro muss ich schlucken: Stolze achtundsiebzig Euro kostet uns diese Seefahrt, und fast wäre ich zurück gezuckt; doch der Sorbas kennt keinen Geiz, wie ich an anderer Stelle schon erwähnte. Schon gleich gar nicht jetzt, wo wir einmal hier und so gut am Start waren. Also Reisekasse geplündert und zur Anlegestelle geschlendert, sich darauf eingestellt, zehneinhalb Stunden an Bord zu sein. Ich Ahnungslose! Ich hatte mich nicht informiert; alles war ja ganz spontan gedacht und entschieden. Nun gingen wir an Deck, und ich wusste nicht viel, außer, dass wir um halb neun ab- und abends um sieben Uhr wieder anlegen würden. Dazwischen kam dann irgendwann Loutro, mit einer Stunde zum Erkunden.

Hm.

Ich nehme mal vorweg, dass wir in jeder Hinsicht beschenkt wurden. Was wir letztendlich erlebten, dass war eine kleine Kreuzfahrt mit dreimal Landgang, ohne Aufpreis, wohlgemerkt. An diesem Abend waren wir beide glücklich, erfüllt; und ich notierte zum Abschluss in mein Tagebuch: „Auf einem Schiff merkt man, dass alles genau so lange dauert, wie es eben dauert. Man kann es nicht beschleunigen."

Damit meinte ich die Gleichmut der drei Arbeiter auf unserer Fähre, die ihre immer gleichen Handgriffe stoisch absolvierten, die immer gleichen Auskünfte gaben und nicht die Spur ungeduldig dabei wurden. Ich schaute ihnen zu, wie sie mit den Ketten rasselten bei jedem Halt, wie sie die Rampe herunterließen oder hoch hievten und uns erklärten, wie lange wir Auslauf hätten an den jeweiligen angesteuerten Stationen. Niemand würde diese Leute jemals in Stress versetzen können. Sie taten, was sie taten, und das dauerte so lange, wie es dauerte. Ich sah ihnen zu und lernte.

Es war die ideale Mischung aus „Auf-den-Wellen-Geschaukeltwerden", Bewegung und Gucken, Fotografieren, Starren und Schlemmen. Hätte ich es geplant, ich hätte es nicht harmonischer, passgerechter durchorganisieren können. Was für eine gelungene Tour!!

Der erste Stop war in Agia Roumeli – für eine Stunde zwischen halb Elf und halb Zwölf. Das Frösteln während der ersten halben Stunde im Meereswind hatte aufgehört; jetzt zückten wir bereits die Baumwollhüte gegen die gleißenden Strahlen der Sonne. Wir liefen eine Runde durch den straßenlosen Ort und frühstückten in einer Taverne, wo alle lupenreines Deutsch sprechen und der sehr charmante junge Sohn (einunddreißig Jahre jung, wie unsere Tochter) gerade für drei Monate in Berlin war. Friedrichshain, Simon-Dach-Straße, da, wo sie alle sind im Sommer. Es gab keinen Mangel an Gesprächsstoff. Nächstes Jahr geht er nach Italien, um die nächste Sprache zu lernen. Zwischendurch hilft er seinem Vater hier zu Hause im Restaurant; es erübrigt sich ja fast, extra zu betonen, dass der Ältere ebenso zuvorkommend und herzlich ist wie sein Nachfahre. Es geht vielen Menschen materiell sehr gut in Agia Roumeli; durch die Samaria-Schlucht suppt ja ständig Geld in den Ort, seine Souvenirgeschäfte, Läden und Lokale. Wir versprachen, uns zu überlegen, ob wir nächstes Jahr vielleicht mal zwei, drei Nächte dort bei Vater und Sohn verweilen wollen, um länger und ausgiebiger zu wandern, ohne ein logistisches Problem dabei zu bekommen. Ganze drei Wochen jedoch seien zuviel, lächelte dieser sprühende Grieche in seiner aufrichtigen Art. Er wollte uns nichts einreden. So aufregend sei es nun auch wieder nicht in dieser Ecke; es könnte rasch langweilig werden.

Frisch gestärkt nahmen wir wieder unsere Plätze ein, ganz vorn auf dem Mitteldeck unseres „Dampfers". Graf und Gräfin Koks in flatternden weißen Gewändern bei der Ausfahrt.

Und weiter ging es, immer an der kretischen Küste entlang, wo das Auge nicht müde wird, Höhlen, Hänge, einsame Strände, Wanderwege zu erkunden.

In manchen dieser Einsiedeleien, die man nur vom Wasser aus überhaupt sehen kann, wohnen, arbeiten sogar Menschen! Ein uralter Imker mit vielen Bienenstöcken an einem verwunschenen Berg hatte offensichtlich schnell mal durchgerufen; so dass unser Käpt´n mit Handy am Ohr seine Fähre außerplanmäßig zwischen zwei großen Steinen anlandete, die Klappe öffnete und den Opa einlud. Im Führerhaus wohnte der Greis von da ab unserer Fahrt bei, bestimmt für „umme", wie der Berliner sagt, und unter Einhaltung jeglicher Ehrerbietung für einen solchen alten Mann. Der freute sich sichtlich am vormittäglichen Plausch. Und wieder einmal konnte ich mir so jemanden nie und nimmer in einem Heim vorstellen.

Einige Wanderer, die die Anlegeszene von etwas weiter oben beobachtet hatten, trauten ihren Augen nicht und kamen auf jeden Fall ins Rennen. Sie wedelten mit ihren Armen und gaben so Zeichen für ihren Wunsch, der Käpt´n möge auf sie warten. Das tat der aber nicht. Die Touristen durften nicht mitfahren so wie der Krete. Für sie muss denn doch, so denke ich, alles seine Ordnung haben.

Wir erkannten viele Serpentinen wieder, die wir in den beiden vergangenen Jahren schon gelaufen und gefahren waren. Vom Wasser aus verändert sich die Perspektive, genau wie in Berlin, wenn man über die Spree schippert. Das ist dann eine vollkommen andere Stadt, und ich gönne mir das Erlebnis immer mal wieder, meistens mit Gästen. Allein gönnt man es sich ja nicht, warum auch immer. Aber hier, auf Kreta! Im Urlaub, da gönnt man sich so einiges! Gott sei Dank. Und – Sie ahnen es -, das meine ich ganz wörtlich. Zeus ist mein Zeuge.

Sorbas sowieso.

Nach Loutro, stellt sich bei diesem maritimen Blickwinkel heraus, führen viele Wanderwege, auf die ich wirklich Lust hätte. Der Ort ist jedenfalls nicht ganz so unerreichbar, wie ich zuerst geneigt war, anzunehmen. Und dann...

One of the best places on earth? Gar „the" best place? Na ja. Das ist Loutro sicherlich mal gewesen.

In einer anderen Zeit. Als die Fischer noch mit ihren Booten hinaus aufs Meer fuhren, kein Laut zu hören war außer dem Teigkneten der Frauen, ihren scherzenden Stimmen, während sie auf die Rückkehr ihrer Männer warteten. Bunte schmale Häuser klebten wie Schwalbennester an den Hängen dieser versteckten Bucht, die man erst im allerletzten Moment überhaupt sieht, wenn das Schiff dorthin beidreht; und die wenigen Bewohner vermissten eine größere, globalere Welt vielleicht eher nicht, stelle ich mir vor, bis sie zu ihnen herein brach.

Heute ist Loutro eine mit russischen (die sind zumindest die lautesten) Erholungssuchenden vollgestopfte, total menschenüberfüllte Badewanne, in der man die wimmelnde Menge dazu ermahnen muss: „No topless bathing, please!" Sie tun es trotzdem. Das Schild mit dieser Aufschrift wird ignoriert. Auf der einst verschlafenen Bay tummeln sich trotzig krakeelende Luxuskiddies auf exquisiten Schlauchbooten.

Der untere Weg einmal durch den Ort führt mitten durch die Andenkenstände und Gasthäuser hindurch. Bei diesem Gang entstand bei mir der Eindruck: Loutro ist heute ein Ferienort für Leute, die nicht allein sein können oder wollen; die schon beim ersten Recken am Morgen auf ihre ebenerdige Terrasse treten und sofort in der Menge sein möchten. Mir wäre das viel zu eng und overcrowded; als würde man auf einem Festival nächtigen. Oder wie mein Gefährte assoziierte: Wie im Resort. Ein einziges Hotel, das aus vielen – ich zählte fünfzehn oder sechzehn – separierten Häusern besteht. Ein künstliches Gebilde. So wirkt die ganze Anlage tatsächlich. Paläochora ist viel ruhiger! Es gibt diese Weite hier nach draußen beim Blick auf das Meer; und in den oberen Ebenen bestimmt auch das Zurückgezogensein. Da sah ich einen stillen Denker auf einem Stuhl nach hinten heraus sitzen und sinnieren. Mag also sein. Loutro hat keine Autos. Das mag ein Vorteil sein. Es gibt Gitarrenspieler in der Taverne, die – jedenfalls mittags, als wir da waren – keine recht romantische Atmosphäre erzeugten und auch sonst keine. Vielleicht ist das anders, wenn die Sonne untergeht.

Aber für meinen Geschmack herrscht hier zuviel „Malle" auf Kreta; der Teil von Mallorca steigt in mir auf, den man allgemein mit Feiern und Losgelassensein verbindet, positiv ausgedrückt. Die Kellner in Loutro sehen übernächtigt aus mit ihren dunklen Ringen unter den Augen. Das ganze Personal wirkt erschöpft, die Bediensteten lehnen sich rauchend irgendwo an und geben träge eine Cola aus, wenn man sie darum bittet.

Wir waren nur eine Stunde da, aber ich glaube nicht, dass mich mein erster Eindruck trügt. Als wir durch die obere Gasse liefen, um mehr von dem ehemaligen Fischerdorf auszumachen, da wies uns eine Frau, die jäh aus einer Küche schoss, unwirsch und ohne Lächeln streng den richtigen Weg, als müsste sie lästige Insekten verscheuchen. Hatte sie auf diese Weise schon viele Touris abweisen müssen aus ihrem Wirkungskreis? Es schien so.

Wandern wäre gut.

Auf dem *E4* nach Chora Sfakion oder an der Küste entlang nach Agia Roumeli oder wer weiß wohin sonst noch. Man kann Wochen damit zubringen, zu Fuß diese Wildheit zu erkunden, man kann es förmlich sehen und auch riechen. Ein Stückchen gingen wir noch einen Prozessionsweg entlang, kehrten in ein Kirchlein ein, das uns Neugierigen verschlossen war. Sie schützen sich tatsächlich. Dieser Pfad für Trauerfeiern, zum Beispiel, wird ja immer noch benutzt; und ist klar, dass die Einheimischen sich den nicht entweihen lassen wollen von Ausländern in Shorts und Spaghettiträgern. Ich schaue auf das sich darbietende Panorama aus einem einzigen strahlenden Blau; Meer und Himmel und Gemütszustand. Wie kann man traurig sein, wenn man jemanden hier zu Grabe trägt? Es ist doch buchstäblich sonnenklar, dass alles Leben weitergeht.

Eine Stunde war genug.

Dann kam unser Ferryboat; der Weg retour begann, und es war noch immer erst zwanzig nach Eins. Ganz allmählich ließ ich mich vom Kahn und seinem stampfend-monotonen Motorgeräusch in eine meditative Stimmung hinein wiegen. Ich begann zu gähnen, sah den Abläufen beim An- und Ablegen zu, wie acht eiserne Klappen per Hand heruntergelassen und wieder hoch gehievt wurden, mit langen Haken und Manneskraft. Wie gesagt: So ein Schiff ist der Inbegriff von „Es dauert, so lange es dauert". Die in mir selbst umher wabernden Gedanken ballten sich zu diesem einen zusammen. Es hätte keinen Sinn, irgend etwas beschleunigen zu wollen; Wasser und Wellen und Häfen haben ihre eigenen Gesetze, die man achten und befolgen muss. Am besten in aller gebotenen und aufbringbaren Seelenruhe.

Ich fühlte mich, als sei ich da auf eine tiefe Weisheit gestoßen; war aber doch zu träge, um sie weiter philosophisch zu erörtern, zum Beispiel mit Sorbas. Der hätte sowieso keinen Nerv für Gerede gehabt; er schien immerzu nur am Staunen zu sein und sah wohl Dinge, die nur er erblicken konnte, und über die er nicht sprach. Im Laufe der Zeit habe ich gelernt, nicht in ihn dringen zu wollen in so einer Stimmung. Es bringt nichts und im Zweifelsfalle sogar Frustrationen ein. Darauf kann ich gut verzichten, zumal auf einem Schiff an einem sonnigwarmen Sonntag auf Kreta.

Hey, Mann!

Irgendwann legten wir auf diese fließende Weise wieder in Agia Roumeli an, und dort hatten wir sagenhafte drei Stunden Pause. Die Fähre wartet ja bekanntermaßen auf all die Schluchtenwanderer, die zurückfluten; und so kam für uns dieser Reichtum an Zeit zustande. Wir beschlossen, „the missing piece" noch abzulaufen. Am Tag, als wir „die Samaria machten", blieben wir ja im Prinzip gleich „drin", um unsere zweimal fünf Euro für die Rücktour zu sparen (an einem Tag wie diesem sehe ich jedoch, dass das mit dem Sparen nur zeitweise klappt; der Energieerhaltungssatz verlangt, dass man irgendwann doch investiert – siehe unser Bakschisch für die Kreuzfahrt mit Landgang). Nun fehlte uns also – ganz korrekt genommen – noch der Teil des Weges vom Ausgang der Gorge bis hinunter in den Ort Agia Roumeli, etwa drei Kilometer alles in allem. Es fährt sogar ein Shuttlebus auf dieser kurzen Strecke; für einen Euro und fünfzig Cent braucht kein Absolvent der Tour mehr einen Fuß zu bewegen, falls er an dieser Stelle die Nase voll hat und vielleicht auch schon in der Schlucht ein Muli in Anspruch nehmen musste. Die Möglichkeit gibt es! Man kann sagen „Ich habe Samaria gemacht!" und ist in Wirklichkeit geritten, Bus gefahren, hat sich in der Taverne gepflegt betrunken bis zur Abfahrt der Fähre.

Klinge ich arrogant, weil so etwas für mich nicht in frage kommt?

Mag sein. Es ist ein Teil von mir. Vielleicht keiner, den ich direkt willentlich vermehren will, aber er ist dennoch da. Hallo, du Teil, du! Sei umarmt.

Das war jedenfalls schön, in aller Ruhe, ohne jeden Druck und in Barfußschlappen die restliche Strecke noch zu flanieren; so, dass unsere vorherige Wanderung damit nun komplett ist. Zeitverschiebung spielt keine Rolle. Es ist ja sowieso immer nur ein neues Heute; und manche sagen sogar, Zeit gibt es eigentlich gar nicht. Wir haben das fehlende Stück also quasi dran gehäkelt, und es hat verdammt noch mal einen Riesenspaß gemacht.

Im Wald, ach!, im kühlen und schattigen Wald kurz vor dem Eintrittshäuschen in die Samaria Schlucht chillaxten wir bei Greek Coffee und Orangensaft, und Sorbas visualisierte ein bisschen sein zukünftiges Leben zwischen Kreta und Berlin und „bei Wandlitz", wo er auch noch einen Standort hat, familiärerseits. Die Alte Schuhmacherwerkstatt dort liegt ihm nicht weniger am Herzen als die Alte Schule von Anidri. Er fühlt sich dafür zuständig, und ich weiß nicht, wie diese Sache ausgeht. Ich möchte aber dabei sein, wenn es sich herausstellt! Das ja. Na, wie denn auch sonst.

Ich möchte immer so sitzen mit ihm. In angespannten Tagen zu Hause denke ich daran und finde ein wenig Zuflucht bei dieser Vorstellung, wenn ich das Bild heraufbeschwöre. Die Zeit wurde uns nicht lang. Bis zur Abfahrt der Fähre nach Sougia und schließlich wieder zurück nach Paläochora ließen wir es uns ganz einfach gut gehen; das heißt: Wir taten nichts dagegen. Wir verschmolzen mit der Luft, den Bergen, den Tannen; und es ist erstaunlich genug, dass wir uns wie ein Puzzleteilchen aus dem Gesamteindruck wieder heraus heben, zurück laufen, dem Shuttlebus zuwinken und auf das Schiff steigen konnten. Wir hätten gut und gerne auch dort bleiben und jetzt immer noch so sitzen können.

Ich liebe ihn. Und wenn ich bei ihm bin, ist es mir überall recht.

Ist euch das schon aufgefallen?

Wieder „zu Hause", krönten wir den Tag mit einem Essen in der Familientaverne „Corali" an der Hafenpromenade von *Pale* – dort, wo die Mama noch selbst am Herd steht. Für ihn gab es gegrillten Schwertfisch, und für mich mit mannigfachem Gemüse überbackenes Filet, extremst lecker! Davor den üblichen Greek Salad, danach den typischen Griesgraupelkuchen mit einer Kugel Vanilleeis. Die Mama schaute stolz und unbewegt. Sie wunderte sich kein Stück, dass es gut schmeckt; das hatte sie nicht anders erwartet. Ob wir noch etwas wünschen, fragte sie knapp beim Abräumen der Teller, auf denen kein Krümelchen mehr übrig war.

„No Raki, please". Alkohol gibt es auch hier in diesen possierlichen kleinen Parfümflakons, die sehen so neckisch und harmlos aus! And do me such harm. Egal, so lange ich nicht vergesse.

Es kann keinen perfekteren Tag geben als an der Seite eines solchen Menschen so zu genießen; einfach alles: Gaumenschmaus, Natur, das Leben. Seine Anwesenheit.

Manchmal streift auch uns der Hauch einer negativen Energie; vielleicht unabsichtlich ausgesandt von einer anderen Person, nicht für uns bestimmt und wegen unserer Offenheit durch Liebe doch mit übernommen. Aber wir erkennen und überwinden rasch; eigentlich immer rascher sogar. Die Wolke verzieht sich. Der Himmel ist wieder klar. Danke.

Und ich habe noch immer kein stärkeres Wort als dieses gefunden.

***

Abschiedsszenen werden nicht beschrieben. Nur das Lustige daran, eventuell. Die Mitarbeiterin der Chefin brachte noch zwei rohe Eier. Als wir sagten, dass wir keine Möglichkeit hätten, die irgendwo unterwegs zu kochen, zuckte sie mit ihren Schultern und sortierte die Nahrungsmittel in den Kühlschrank ein, schon für die nächst erwarteten Bewohner. Wir umarmten einander zum guten Schluss, und während wir mit unserem

Panda schon ausparkten, hob die junge Frau lachend ihren rechten Arm, klapperte mit einem dicken Schlüsselbund. Ja, wir hatten ihren Hinweis verstanden. Sie würde – so wie wir – nicht vergessen, was wir miteinander erlebt hatten. Als ich den Autoschlüssel einsperrte und eine kretische Community sich unserer annahm, uns aus der Patsche half. Über sich selbst lachen, das ist eine der allerhöchsten Formen von menschlicher Weisheit. Kannste glauben!

Yesterday is history. Tomorrow is mystery.
So bleibt uns nur das Heute, dieser eine Tag. Darauf waren wir noch einmal hingewiesen worden, als wir uns von unseren Freunden in Chania verabschiedeten. Mögen wir uns alle trocken, clean wiedersehen, nächstes Jahr, selbe Stelle, selbe Zeit. Und immer nur für Jetzt. Na klar doch.

Ein freundlicher Schuhmacher hatte gestern vor dem letzten Meeting dieses griechischen Sommers meine durchgetretenen Birkenstocks für stolze vier Euro neu besohlt. Dem Vater von zwei Kindern gaben wir sechs Euro. „Ice für the babies." Ich dachte an jenen Juwelier in Marrakesch zweitausendzwölf, der mir aus dem Stand meine Perlenohrringe reparierte und Ersatz aus einer großen Wühlkiste heraus suchte, über die ein kleines Mädchen in Entzücken geriete. Auch er wollte nur fünf Euro dafür haben, und er lächelte uns an, so dass es mich heute noch wärmt. Die Perlen halten immer noch.
Die Birkenstocks auch.
Es gibt sie überall auf Erden, diese Menschen, die ohne Umstände helfen. Es geht ihnen nichts ums Geld.

Nicht falsch verstehen, bitte. Ich rede hier keinem sinnlosen Mangeldenken das Wort. Nur einem kleinen Tanz auf Messer´s Schneide zwischen Überlebenmüssen und Gier. Mag jeder selbst sein persönliches Gleichgewicht dabei finden.

Die Palmen bogen sich vor Lachen, und es sah aus wie ein Nicken, als wir davon fuhren.

Eine Sache war noch offen. Dieses allerletzte Stück hinauf zum Juchtas, der aufmerksame Leser erinnert sich?! Einmal übernachteten wir noch in Heraklion vor dem Heimflug; und das war die Gelegenheit.

In mir saß plötzlich ein enormes Faultier, das dafür plädieren wollte, mit dem Auto hinauf zu fahren und – wie bei Samaria auf unserer Kreuzfahrt – lediglich „the missing piece" zu absolvieren. Ich weiß nicht, warum; aber die schöne kluge Stirn vom Sorbas umwölkte sich; er schüttelte sein Löwenhaupt mit den Korkenzieherlocken und war ganz strikt dagegen. Den ganzen Weg – oder gar nicht. Er war nicht davon abzubringen.

So kam es, dass ich mich doch wieder auf der fünfundvierzig-Grad-Schräge am Rücken dieses Zeus-Berges wiederfand und nach etwa einer Dreiviertelstunde, durchnässt vom Schweiß und abgekämpft wie vor vier Wochen, laut schrie in den ungerührten Wind und an den noch ungerührteren Ohren meines Gefährten vorbei. Soll sie brüllen, mag er sich gedacht haben; das ist alles Teil der Übung. Wir hatten ja von vornherein gewusst, dass dieser Weg nicht „ohne" ist und einem allerhand abverlangt. Wenn man nicht gerade Luis Trenker ist. Dann nicht.

Schon klar.

Ich weiß nicht, warum, aber zunehmend hatte ich das Gefühl, dieser Berg will uns nicht. Mit Sturm und Gegenwind will er den Emporkömmling von sich abhalten. Das letzte Stück ist nicht mehr weit und auch nicht steiler als das erste; aber unsichtbare Gesellen stellen sich einem entgegen und wollen den Aufstieg versperren. Die Energie ist feindlich, das spürte ich genau. Voller Respekt bewegten wir uns voran, erreichten schließlich den Gipfel, einen scharfen Grat, eine Art Kamm, auf dem man entlang gehen kann, gegen den Strom. Die Geister, die hier walten, machen es einem so schwer wie irgend möglich. Ich hatte wirklich Angst; ein düsteres Grauen befiel mich und wollte einfach nicht von mir weichen.

Ächzend erreichte ich das drohende Kreuz und die Kirche ganz oben. Um uns herum sausten die verlorenen Seelen aller Zeitalter. Das Kirchlein steckt voller Heiligenbilder, an den Wänden, aber auch stapelweise in alle Winkel gelehnt, so, als warteten sie auf eine Ausstellung, eines Tages, irgendwo. Jedes von ihnen ist eine kleine Kostbarkeit; sie erstrahlen in Gold und Silber, und manche Antlitze wirken so lebendig, als fingen sie gleich an zu sprechen. Wir haben einige davon fotografiert; und von draußen heulte die zornige Stimme des Zeus dazu. Ich hatte den Eindruck: Ein Fenster falsch geöffnet, und dieser mächtige Sog würde das blütenweiße Gebäude ergreifen – und uns! – und alles auf einmal hinfort fegen. Auch draußen stand ich so unsicher auf meinen Füßen; ich schwankte bei jedem Schritt und Tritt. Dennoch: Wir liefen noch bis zum „Kinn" des Zeus´schen Gesichtsprofils, einer verlassenen Wetterstation und dem sehr unheimlichen Sanctuary of Juchtas, einem uralten Heiligtum, auf dem die Minoer Menschenopfer dargebracht haben sollen.

Alles dort ist verschlossen; aber bei einer Umrundung, die wir uns buchstäblich gegen den Sturm erkämpfen mussten, entdeckten wir eine undichte Stelle. Sorbas betrat das Gelände für ein paar Bilder; und ich bin froh, dass er noch lebt! Lauter drohten die windigen Stimmen, rauer gebärdete sich der Berg. Etwas stimmte ganz und gar nicht; der Opferstein dort an der höchsten Stelle schien eben noch benutzt; und ich fühlte ganz stark, dass wir hier nichts, aber auch gar nichts zu suchen hatten. Von diesem Altar war Menschenblut getropft; machte ich nicht die eingetrocknete Spur davon aus, mit bloßem Auge?

„Komm zurück", flehte ich zum Gefährten hinüber, aber der Wind verwehte meine Stimme, und er hörte mich nicht.

Irgendwann – oh, welch Glück – erschien er doch und erzählte von einem tiefen Loch, einer Erdspalte, deren Boden im Nichts verschwand. Später las ich – und ich schwöre, eiskalte Schauer liefen mir dabei den Rücken hinunter -, diese Grube ist neun Meter tief; alle möglichen Opfergaben wurden dort hinein geworfen. Wenn da jemand hineinfällt, ausrutscht; dann ist es geradezu unmöglich, ihn wieder herauszuholen, ohne Gerät. Und Hilfe ist nicht eben um die nächste Ecke zu bekommen. Ich ahnte, warum dieses Gelände abgeriegelt ist. Und dankte insgeheim dem Zeus, dass er mir meinen Liebsten ließ.

Aus irgendeinem Grund verschonten die Gewalten uns beide; wir sollten uns allerdings beeilen und zügig den Rückweg antreten, „hörte" ich im Inneren. Auf einen Versuch, über die Felsen auf die andere Seite des Juchtas zu klettern, reagierten sie unwirsch, und ich wollte fort. Ein Gespür sagte mir: Sei demütig. Reize sie nicht unnötig.

Diese Gefilde gehören eindeutig ihnen, nicht uns.

Erst wieder unten im Wald trauten wir uns, Rast zu machen und zu picknicken.

Die Reste vom großen Sack Hundefutter warfen wir den bellenden Bestien im Dorf Archanes in die Rachen; so war auch dieser Ballast abgeworfen. Dieser „Bell"-Last. Haha.

Wir wollten die Stunden verlängern und verlängern und konnten es nicht. Mit dem Auto fuhren wir noch ein bisschen umher, sahen andere lockende Wanderwege und eine Gorge zum Meer. Ob ein Leben überhaupt ausreiche, sie alle zu erkunden?

Das Nikos-Kazantsakis-Museum in Myrthia hatte schon zu, aber im Kafenion hingen lauter Zitate des Meisters, auch in Deutsch. „Du hast den Pinsel, du hast die Farben – also male dir das Paradies und tritt hinein." Sein bekanntester Ausspruch natürlich auch. Ich wiederhole ihn sehr gern, weil er so wichtig ist, so tief geht:

„Ich erwarte nichts. Ich fürchte nichts. Ich bin frei."

Ach, Nikos, ach!

Noch einmal die längste Mole der Welt abschreiten.

Noch einmal einkehren im „Peskesi", wo junge Leute die Kochrezepte ihrer Großeltern wach halten.

Auf großen bunten Plakaten steht, dass in ein paar Tagen das diesjährige Matala-Festival stattfinden wird. Dann sind wir längst wieder zu Hause, wenn alles gut geht.

***

Es ging alles gut.

Und dann Berlin.
Was soll ich dazu sagen!

Am ersten Tag wieder zu Hause schrieb ich auf einen Zettel die folgenden Worte:
„Lieber Sorbas,
nun bin ich wieder hier, und alle wollen mich fertigmachen. Im Café rauchen sie und lachen so laut; sie nehmen keine Rücksicht und gucken mich ganz blöde an... Was mache ich da?
Help me, please !!!!"

Seine Antwort lag am ersten Arbeitsmorgen auf dem Küchentisch:
„Liebe Katrin,
manchmal, da denkt man, dass sich alle gegen einen verschworen haben. Das tut weh... In einem solchen schlimmen Fall wende dich demjenigen zu, der dir immer wohl gesonnen ist. Du wirst merken, dass die allermeisten Leute dich gar nicht wahrgenommen haben und dich schon allein deshalb nicht fertigmachen wollen. Oder: Yesterday is history – Tomorrow is mystery – life is now, says Matala-George. Tomorrow never comes.
Ein großes Herz für dich. Dein Sorbas."

Als ich noch einmal vorsichtig über die Brüstung hinunter zur Café-Terrasse luge, sehe ich da nicht Marlene sitzen, vornehm wie immer. Eine Lady mit breitem Sonnenhut, die zierlichen Fingers ihre Capuccinotasse hebt und wieder senkt.

Dann dreht sie den Kopf zu mir nach oben, zwinkert mir zu mit einem Auge und deutet ein leichtes Winken an.

Danach habe ich sie nicht wieder gesehen.
Sie war schon unterwegs zu nächsten Ufern.

Mehr Informationen zur Autorin und weiteren
Büchern von ihr erhalten Sie auf der Internetseite

http://www.katrinrichter.berlin

Zum Vertrieb:

Auf Wunsch können Sie in der Buchhandlung unseres
Vertrauens, dem »Büchereck Baume«, signierte
Exemplare aller gedruckten Bücher erwerben...

»Büchereck«,
Baumschulenstraße 11 / Eingang Behringstraße
D-12437 Berlin
Telefon: +49 (0) 30 53216132
Internet: http://www.buechereck-baume.de

Die meisten Titel sind bei den verschiedenen
Anbietern in digitaler Version (als e-Book) zu
haben, bitte fragen Sie im Zweifel bei Ihrem
bevorzugten Anbieter nach.

Als Journalistin/Journalist können Sie alle bei
»Books on Demand« verlegten Titel kostenfrei als
Rezensionsexemplar bestellen.
(http://www.bod.de)

Für Rezensionsexemplare von Titeln, die bei
»Schwarzkopf & Schwarzkopf, Berlin« verlegt wurden,
wenden Sie sich bitte an die dortige Presseabteilung.
(http://www.schwarzkopf-verlag.de)